다섯 가족의 좌충우돌 유럽 여행기

아빠, 유럽이야!

글 | 은진, 민혁, 현진

다섯 가족의 좌충우돌 유럽 여행기

아빠, 유럽이야!

지은이: 은진, 민혁, 현진
펴낸이: 원성삼
펴낸곳: 예영커뮤니케이션
책임편집: 김지혜
초판 1쇄 발행: 2015년 7월 13일
출판신고 1992년 3월 1일 제2-1349호
136-825 서울시 성북구 성북로6가길 31
Tel (02)766-8931 Fax (02)766-8934

ISBN 978-89-8350-917-8 (03810)

정가 12,000원

www.jeyoung.com

이 도서의 국립중앙도서관 출판예정도서목록(CIP)은 서지정보유통지원시스템
홈페이지(http://seoji.nl.go.kr)와 국가자료공동목록시스템(http://www.nl.go.
kr/kolisnet)에서 이용하실 수 있습니다.(CIP제어번호: CIP2015017601)

다섯 가족의 좌충우돌 유럽 여행기

아빠,
유럽이야!

은진, 민혁, 현진의
13박 14일의 유럽 여행!

예영커뮤니케이션

여행은 영혼의 휴식처이자
살아 있는 교육입니다

은진, 민혁, 현진이! 이렇게 1남 2녀를 둔 부모님은 자녀들이 성장하면
서 거기에서 느끼는 행복도 커져만 갑니다.

언제나 착하고 듬직한 은진이! 훌륭한 선생님이 비전이며 부모님 말씀
에 항상 순종하고 동생들을 잘 이끌고 가족의 화목을 책임지는 보석 덩어
리 큰딸입니다.

아들 민혁이! 멋진 경찰관이 비전이며 어지러운 세상에 정의를 바로 세

우고 싶은 아들입니다. 가족으로부터 큰 사랑을 받았기에 사랑의 크기만큼 몸집도 크지만, 마음은 한없이 여려서 친구들에게 싫은 소리 하나 하지 못하고 언제나 양보와 배려로 자신을 희생시키며 생활하는 천사표 아들입니다.

언제나 가족의 사랑을 독차지하고픈 막내 현진이! 막내답지 않은 욕심으로 방송인이 되고 싶은 비전을 가지고 있습니다. 사회성이 좋아 친구들이나 선생님으로부터 사랑을 많이 받고 자라는 아이입니다.

이런 보물들과 함께 지내는 부모님은 천국의 삶처럼 행복하게 지내고 있습니다. 자녀들에 대한 기대치와 교육열이 그 누구보다 높아 어렸을 때부터 자녀들을 영어권인 나라로 유학을 보냈고, 거실에는 텔레비전이나 컴퓨터 대신 책들로 가득하게 하여 항상 책과 함께 할 수 있는 환경을 만들어 주셨습니다.

기회가 있을 때마다 자녀들에게 책에서 보고 느낀 것을 온몸으로 느낄 수 있도록 국내뿐만 아니라 해외를 돌아볼 수 있는 기회를 만들어 주셨습니다. 이번 서유럽 탐방도 그런 목적으로 이루어졌습니다.

평소에는 자녀들만 여행하거나 어머니만 참석해서 늘 아쉬움이 있었는데, 이번에는 사업을 하는 아버지도 가족을 위해서 처음으로 시간을 내서 막내딸의 소원을 풀어 주었습니다.

언제나 가족의 행복을 위해서 땀 흘리시던 아버지가 함께 하니 온 가족은 그 어떤 시간보다 즐겁고 기대에 가득한 마음으로 유럽을 탐방했습니다.

자녀들이 좋아하는 스파게티나 피자를 함께 하면서, 아이들이 좋아하는 음식 문화를 이해할 수 있었고, 온 가족이 함께 웃으며 음식을 나누고, 같은 공간에서 작품을 보며 생각을 나누고 많은 사람들의 부러움을 받고는 했습니다.

13박 14일!

결코 짧지 않은 시간 동안 가이드의 설명을 꼼꼼히 수첩에 기록해 가는 가족들의 모습 속에서 '교육이란 이런 것이로구나.' 하는 생각을 하게 되었습니다. 부모가 공부하면 자녀는 자연스럽게 따라한다는 사실을 우리는 알고 있지만 실천하지 못하고 살아가고 있습니다. 여행 기간 동안 세 자녀와 두 부모님이 보여 주신 그 열정이 다른 이들에게 커다란 교훈이 되었으리라 생각합니다.

　그리고 세 자녀에게 이번 여행이 앞으로의 인생 여정 가운데 진정한 가족의 중요성을 느끼며 살아갈 수 있는 힘이 되었으리라 생각합니다. 언제나 가족들에게 경제적인 채움이 행복의 전부로 생각하시었던 아버지도 가족과 함께함이 얼마나 소중한지를 발견한 시간이었습니다.

　온 가족이 함께 시간과 비용을 맞추어 유럽을 여행한다는 것은 쉬운 일이 아닙니다. 그리고 자녀들의 가슴속에 느끼고 있는 순간들을 책으로 남기어 간직할 수 있도록 하는 일은 더욱 의미 있는 일입니다.

　특별히 선생님이 비전이었던 은진이! 유난히 유럽의 교육정책에 관심이 많았기에 질문도 많았지만, 이번 여행이 자신의 비전을 이루어 가는데 많은 영향을 주었으리라 생각을 합니다.

　자신의 비전을 위해서 성실하게 걸어가는 은진이, 민혁이, 현진이! 여러분이 흘린 땀방울은 결코 여러분을 외면하지 않습니다. 세상의 모든 훌륭한 사람들은 노력하는 사람들 가운데 나왔습니다.

　유럽을 탐방하면서 날씨와 음식으로 어려움도 있었지만 이렇게 자신들의 생각을 정리하여 책으로 출간할 수 있게 됨을 축하하고 대견하게 생각

아빠, 유럽이야!
—
8

합니다. 여러분이 비전을 이룸으로 가문과 지역과 나라를 빛내기를 바랍니다.

지성근 선생님

contents

현진이와 함께하는
13박 14일

준비 고육 첫째 날 ^{7월 30일}

오빠와 싸워 기분이 매우 가라앉아 있을 때 엄마는 반가운 소식을 들려 줬다. "오빠에게는 비밀인데, 너만 알고 있어. 우리 여름에 유럽에 갈 수도 있어." 이 말을 듣고 나는 뛸 듯이 기뻤지만 좋아하는 티를 내면 오빠와 싸우고 바로 수긍한 것처럼 될 것 같아 자존심이 상해서 싫어하는 척을 했다. 마음속으로는 정말 하늘을 날듯이 기뻤지만 말이다.

나는 항상 친구 보경이가 자신은 아빠와 함께 온 가족이 놀러 간다는 것을 자랑했는데 나는 그렇지 못해서 부러워했었다. 그 친구 아버지는 회사를 다니시기에 주말에 온 가족이 놀러 갈 수 있었지만 우리 아빠는 사업을 하시기에 주말에도 바쁘고 모처럼 집에 오면 피곤하다고 어디 놀러 가는 것을 못했기 때문이다. 나는 항상 아빠와 함께 놀러 가는 것을 바랐는데 이번에는 온 가족이 간다고 하니 더 기뻤다.

내 마음은 벌써 유럽에 가 있었다. 이번 여행을 보람 있게 보내기 위해서 준비 교육을 받으러 인천 목민리더스쿨로 갔던 첫째 날! 나는 낯을 많이 가리는 편이라 상당히 힘들었다. 아는 사람은 별로 없는 곳에서는 언니에게 의지를 많이 하는데, 그날은 언니가 없었기 때문이다. 이 낯선 상태에서 '서로 알아 가기 게임을 한다는 소중한님(목민리더스쿨에서는 자신의 본명 대신에 꿈 이름을 사용합니다.)의 말씀이 들렸다. 서로 알아 가기 게임이 시작되고 나는 몇 분 동안 가만히 앉아 있다가 옆에 언니들이 먼저 물어봐 주어서 자신감을 얻었다. 그래서 나는 돌아다니지는 않았지만 주위에 있는 언니 오빠들에게 물어봤다. 제한 시간이 끝나고 몇 명(몇 명인지 잘 기억이 나지 않는다.)을 넘어야 하는데 나는 넘기지 못해 앞으로 불려 나갔다. 나 말고도 몇 명 더 있었다. 그중에는 오빠도 있었다. 불려 나간 사람이 들어오려면 다른 사람의 이름 4-5명 정도를 맞추어야만 제자리로 들어갈 수 있는 방식이었다. 오빠는 내 이름은 정확히 아니까 내 이름을 맞추면 되는데, 내 이름 대신 다른 사람 이름을 맞추려고 인간함을 썼다. 하지만 1명이 부족해 내 이름을 맞췄다. 정말 다행이었지만 오빠에게 배신감을 느꼈다. 이 게임이 끝나고 우리가 갈 나라인 유럽(영국, 프랑스, 이탈리아, 스위스, 오스트리아, 독일)에 대한 준비 교육을 받기 위해 영상을 보았다.

솔직히 이 영상을 봤을 때 멍하니 있어서 별로 기억이 나는 것은 없지만, 첫째 날에 가장 기억에 남는 영상은 프랑스의 루브르 박물관이다. 루브르 박물관의 모나리자 그림이 가장 기억에 남는다. 모나리자 그림은 원뿔로 되었고 안이 나선으로 되어 있었다. 또 원근법을 이용해 가장자리에 갈수록 뿌옇게 되는 효과를 이용하고 있는 3D 작품이다. 프랑스말고도 여러 나라의 영상을 보고 우리는 점심으로 라면을 먹었다. 힘들게 공부 아니 50퍼센트는 졸고 50퍼센트는 공부를 해서 그랬는지 정말 라면은 꿀맛이었다.

라면을 먹고 나서도 여러 가지 영상을 보고 우리는 집으로 향했다.

준비 교육 둘째 날 ^{7월 31일}

준비 교육 둘째 날은 첫째 날과 거의 비슷했다. 오전에 "폼페이: 최후의 날"이라는 영화를 보았다. 어떻게 한 도시가 화산의 폭발로 금방 잿더미에 묻혔는지 궁금했다. 그만큼 화산 폭발의 힘이 컸다는 것이다. 다음으로는 바티칸 박물관을 영상으로 보았다. 영상으로도 어마어마했다. 바티칸시국은 세상에서 가장 작은 나라라고 하는데, 그 안에 박물관이 있고 이 박물관은 세계 3대 박물관 중에 하나라고 한다. 오전 일정이 끝나고 라면을 점심으로 먹고 영상을 보며 공부했다. 그런데 나는 이 공부보다 더 의미 있는 하루였다. 이유는 오늘이 나의 생일이었기 때문이다. 선생님이 어떻게 아셨는지 케익을 사오시고 많은 사람들 앞에서 축하를 해 주셨다. 항상 가족과 아니면 친구들로부터 축하를 받고 함께했는데, 오늘은 또 다른 사람들과 선생님들이 축하를 해 주셨다. 그리고 언니들과 오빠들, 친구들이 함께 해 주어서 잊지 못할 날이었다. 나는 앞으로 나가서 많은 사람들로부터 축하를 받았다. 그런데 축하가 끝나고 제자리로 돌아오기 위해서는 소중한님과 가위바위보를 해서 이기면 들어갈 수 있고 지면 노래를 불러야 했다. 나는 확률 50퍼센트에 모든 것을 걸어 가위바위보를 해서 이겼다. 정말 다행이었다. 케이크를 먹기 전에 아이스크림과 다른 것을 잔뜩 먹어 조금 밖에 먹지 못했다. 이 준비 교육을 마지막으로 내가 몰랐던 그들의 문화와 역사를 준비 교육을 통해 알아 가고, 그러면서 나의 마음은 벌써 유럽으로 향하고 있었다.

오늘은 교육과 내 생일이 있어서 더 의미 있고 행복한 하루였다.

영국 첫째 날 ^{8월 3·4일}

드디어 떠나는 날이다. 밤 10시 30분까지 우리는 인천공항에 모여 여권을 확인하고 짐을 실으러 갔다. 짐을 싣고 새벽 1시까지 면세점을 돌아다니다 비행기를 놓칠까 봐 나는 언니와 의자에 앉아 있었다.

어느덧 새벽 1시 30분이 되어 비행기에 몸을 싣고 카타르 항공까지 9시간 동안 날아갔다. 중간에 게임도 하고 영화도 보며 기내식도 먹었으나 9시간은 생각한 것보다 매우 길었다. 진짜 길었다. 비행기는 탈 때마다 적응이 안 된다. 긴 9시간이 지나고 카타르 항공에 내려서 3시간 동안 비행기를 갈아탈 때까지 기다렸다. 기다리는 동안 의자가 없어서 바닥에 철퍼덕 앉아서 떠들고 있었는데 지나가는 외국인이 우리에게 삿대질을 하며 "China, China." 하면서 비웃으며 지나갔다. 그리고 우리 사진도 찍었다. 물론 우리가 떠든 것은 잘못했지만 사진 찍는 것은 아니라고 생각한다. 좀 많이 짜증이 났지만 한편으로는 우리가 한국인이라는 것을 알지 못해 다행이라고 생각한다. 약 3시간이 지나고 5시간 동안 비행기에 내 몸을 맡기고 런던 히드로 공항에 도착했다.

도착했을 때의 시간은 낮이었다. 잠시 후 버스가 오고 우리는 버스를 타고 첫 번째 여행지인 자연사 박물관으로 향했다. 자연사 박물관은 "박물관이 살아 있다"라는 영화의 촬영지이다. 자연사 박물관에 들어가자마자 보인 것은 공룡이었다. 영화에서는 이 공룡이 살아 움직이는 데 실제로 보게 되어서 정말 신기했다. 자연사 박물관에서 돌아다니다 모형 인디언과 여러 가지를 보고 내셔널 갤러리로 이동했다. 내셔널 갤러리 앞에는 트래펄가 광장이 있었다.

나는 광장 구경을 하며 놀고 싶었지만 엄마가 내셔널 갤러리 안에 있는 그림을 구경하자고 했다. 가이드 선생님이 그림을 소개해 주는 장치 같은 것을 보여 주시며 그림을 구경할 사람은 이 장치를 빌려서 구경하라고 하셨다. 그런데 마지막 말씀에 12살 이하는 공짜라고 하셨다. 그런데 내가 그때 12살이었기 때문에 공짜라는 이유로 엄마에게 끌려갔다. 정말 슬펐지만 그림을 구경하니 그래도 어느 정도 재미있었다. 그림을 구경하다 길을 잃었지만 다행히 무사히 빠져나오고 일행들과 만나 버스로 이동했다.

버스에 탔을 때의 시간은 5시가 살짝 넘었다. 그래서 바로 저녁 먹는 줄 알고 기대를 했는데 빅벤, 국회의사당과 웨스트민스터 사원으로 이동했다. 순서가 잘 생각나지 않는데 일단 빅벤에 도착했을 때에는 거의 6시가 되었었다. 도착하고 몇 분이 지나 6시를 알리는 종이 여섯 번이 쳤다. 온지 얼마 되지 않아서 종소리를 듣게 되어 운이 좋은 것 같다. 빅벤의 꼭대기에 불빛이 나면 회의 중이라고 한다. 빅벤을 뒤로 하고 웨스트민스터 사원으로 이동했다.

웨스트민스터 사원은 250년에 걸쳐서 건축한 곳이라고 한다. 이 사원의 지하에는 영국의 유명한 사람들의 시신이 묻혀 있는데 영국의 황제식이나 결혼식도 시행했다고 한다. 밑에 시신이 묻혀 있는데 어떻게 황제식이나 결혼식을 시행했는지 문화적 충격이다.

마지막으로 국회의사당으로 가서 사진을 찍고 그냥 돌아가려 했는데 신기한 광경을 보았다. 어떤 아저씨가 표지판을 들고 춤을 추고 있어 경찰에게 붙잡혀 갔다. 표지판에 쓰인 내용은 "제3차 대전이 일어나야 예수님이 우리를 구원해 주신다."라고 쓰여 있다고 가이드 선생님이 말씀해 주셨다.

드디어 저녁을 먹는 시간! 영국에서의 첫 저녁은 어떨지 기대를 많이 했다. 우리는 된장국과 맛있는 채소 수프와 로스트비프를 먹고 호텔로 돌아가 오늘 하루를 마무리했다.

영국 둘째 날 ^{8월 5일}

영국 둘째 날에는 아침 7시쯤에 일어났다. 8시 40분까지 아침을 먹고, 짐을 챙겨 9시쯤에 호텔에서 나갔다. 이날의 첫 번째 여행지는 타워브리지이다. 우리는 아침에 타워브리지에 가서 그곳의 아름다움을 모두 느낄 수 없었으나 그래도 설명을 통해 조금이나마 아름다움을 더 느낄 수 있었다. 타워브리지는 1894년 805미터의 길이로 만들어졌고 대형 선박이 지나갈 때마다 다리 가운데가 열리도록 개폐형으로 만들어졌다. 나는 이 모습을 보고 싶었으나 보지 못했다. 나중에 기회가 된다면 아침이 아닌 밤에 다리가 열리는 모습을 꼭 보고 싶다.

그다음으로는 버킹엄 궁전에 갔다. 버킹엄 궁전은 잊지 못할 것 같다. 왜냐하면 은진 언니^(친언니)와 민정 언니와 다녔는데 우리는 교대식을 반대쪽에서 보아서 신호를 건너지 못하게 되었다. 교대식이 끝나려면 아직 멀었는데 우리가 모여야 할 시간은 다 되어 가고 신호등은 건너야 되고 사람들은 너무 많고, 아직도 그 생각만 하면 정말 소름 끼친다.

그런데 한 커플이 경찰 몰래 신호등을 건너가는 것을 보았다. 이때는 교대식이 끝나지 않았지만 근위병이 지나가지 않을 때여서 충분히 가능하지만 경찰 몰래 뛰어가야 했다. 경찰은 이것을 발견하고 정말 화를 내며 욕을 했다. 경찰이 정말 무서웠지만 어쩔 수 없었다. 한 무리의 근위병이 지나가고 모이기로 한 장소로 냅다 뛰는데 길이 두 갈래로 갈라졌다. 다행히 민정 언니가 길을 기억해서 무사히 도착했다. 5분 정도 늦어서 벌금으로 5유로를 냈다. 그런데 우리만 늦은 것이 아니라 민혁 오빠^(친오빠)도 늦었다. 그래서 언니, 오빠, 나 이렇게 15유로를 냈다. 버스에서 천천히 교대식을

타워브리지

출렁거리는 템스강 동쪽 끝에
위치해 있는 너의 이름은 '타워브리지'

너의 다리가 올라가는 것처럼
너를 향한 나의 황홀함 지수도 올라간다.

조명을 받을 때 하얗게 빛나는
야경의 황홀함에 빠져
탑과 탑을 잇는 산책로를 걷고 싶다.

생각해 보니 멋지고 힘찼던 것 같다.

점심으로 한식을 먹고 대영 박물관으로 이동했다. 대영 박물관에는 미라와 도자기 등이 있었다. 미라는 많이 징그러웠고 도자기는 예쁘고 우아했다. 대영 박물관에서 돌아다니며 구경을 하다 유로스타를 타러 갔다. 유로스타에서 저녁으로 김밥을 먹었는데 조금 식었지만 정말 맛있었다. 그런데 다른 사람들은 맛이 없다고 해서 이해가 되지 않았다. 유로스타에서 프랑스로 이동했고 호텔로 가서 쉬었다.

프랑스에서의 첫날 8월 6일

프랑스 첫째 날에는 9시쯤에 버스로 이동했다. 프랑스에서의 첫 번째 여행지는 개선문이다. 개선문은 나폴레옹이 승리를 기념하기 위해서 만들도록 명령했지만 끝내는 완성하지 못했다.

그래서 나폴레옹 3세가 완성시켰다. 개선문에 있는 불꽃은 죽은 사람들의 영혼을 기리기 위해서 꺼지지 않는다. 또 개선문에 쓰여 있는 글씨는 나폴레옹이 점령한 12개의 나라이다. 12개의 나라를 점령하다니 나폴레옹의 힘이 느껴진다.

그리고 나폴레옹은 자신이 점령한 나라 12개를 기리기 위해 12개의 거리로 만들어 놨는데 이 중 하나가 샹젤리제 거리이다. 여기서도 은진 언니와 민정 언니와 다녔는데 이때도 길을 잃었다. 영국의 버킹엄 궁전처럼 사람이 그렇게 많지 않았지만 그래도 길을 잃고 나니 어떻게 해야 할지 앞이 캄캄해졌다. 길 찾느라 샹젤리제 근처밖에 못 갔지만 다행히 길을 찾아 시간에 딱 맞춰 들어갔다. 그다음으로 간 곳은 샤이오 궁전이다. 샤이오 궁전에서는 에펠탑이 가장 잘 보이는 곳에 가서 사진을 찍었다.

그리고 프랑스에서의 첫 번째 음식(호텔 조식 말고)은 에스카르고였다. 에스카르고는 달팽이 요리인데 한 사람당 6개씩이었다. 내게 주어진 에스카르고는 너무 안 빠져서 빼는데 애를 먹었다. 잘 빠졌어도 못 먹었을 것 같다. 왜냐하면 나에게 달팽이란 식용이 아닌 애완동물 같은 존재인데 아무리 식용이라도 입에 넣기까지가 너무 힘들었다. 물론 맛도 내 입맛에는 맞는 맛은 아니었다.

　점심을 먹은 후 몽마르트로 이동했다. 몽마르트의 뜻은 순교자의 언덕이므로 몽마르트 언덕이라고 하면 맞지 않다고 가이드 선생님이 말씀해 주셨다. 계단을 올라가 프랑스의 경치를 구경하니 정말 아름다웠다. 그곳에서는 민트 색 물이 있었는데 정말 맑고 예뻐서 사진을 찍었다. 몽마르트에서 다시 내려와 베르사유 궁전으로 이동했다. 베르사유 궁전에는 줄이 굉장히 길었다. 그런데 엎친 데 덮친 격으로 비가 많이 내렸다. 민정이 언니가 우산이 색깔이 이상하다고 해서 민정이 언니는 나랑 쓰다가 은정 언니랑 쓰다가 갑자기 민정이 언니가 우산에서 나가더니 비가 그쳤다고 한다. 그래서 우산 밖을 보았는데 반은 맑고 반은 흐려 신기했다. 어느덧 줄이 짧아지고 우리가 들어갈 때쯤에는 해가 떠서 5분 만에 옷이 말라 다행이었다. 베르사유 궁전에 들어가자 놀라움을 감출 수 없었다. 이번에는 길을 잃지 않기 위해 엄마 아빠랑 다녔는데 정말 천장과 벽에 금으로 장식된 부분이 많았다.

　이것 때문에 마리 앙투아네트가 얼마나 부자였는지 쉽게 알 수 있었다. 이곳에서 창문을 통해 밖의 정원을 내려다보니 이 궁전에서 산 마리 앙투아네트가 정말 부러웠다. 신기한 것은 루브르 박물관과 달리 나폴레옹 대관식 그림에는 왼쪽에서 2번째 여자가 분홍색 드레스를 입고 있는 것이었다.

마지막으로 프랑스에 왔으면 꼭 보고 가야 하는 에펠탑을 보러 갔다. 에펠탑의 2층에 올라가기 위해 줄을 서서 기다리고 있었는데 어떤 커플이 웨딩 촬영을 하고 있었다. 그래서 웨딩 촬영을 보면서 기다렸다. 그랬더니 우리 차례가 되어 에펠탑 2층에 올라가 전망을 구경했다. 에펠탑에서 보는 센 강이란! 물도 맑고 우리나라와 달리 나무들이 많아 편안한 느낌을 주었다. 전망을 다 구경하고 내려와서 저녁으로 한식을 먹었다. 그리고 마트에서 과자를 한 개 사서 다시 한 번 에펠탑으로 향했다. 유람선을 타고 밤의 에펠탑을 보는데 예술 그 자체였다. 센 강을 돌면서 과자를 먹는데 너무 짜서 밥에 올려 먹어야 될 것 같았다. 사람들이 손을 흔들어 주어 나도 손을 흔들어 화답해 주며 사진을 많이 찍었다. 금세 어둑어둑해졌고 레이저 쇼를 시작하는 데 정말 장관이었다. 사진으로 보던 것과 차원이 달랐다.

보지 않은 사람은 알 수 없는 이 아름다움! 정말 멋졌다. 하지만 이 아름다움은 10분이었다. 10분 동안 에펠탑의 아름다움을 사진과 마음속에 담기에는 턱없이 부족했지만, 사람이 주는 철탑에 불빛이 복잡한 우리들의 마음을 10분이라는 시간으로 행복하게 해 주었다. 나도 사람들에게 에펠탑처럼 황홀하게 행복하게 전해 주고 싶다는 생각을 오늘 잠깐 생각하게 되었다. 예술 그 자체인 에펠탑을 뒤로 하고 호텔로 향했다.

아침 8시쯤에 출발해 루브르 박물관으로 이동했다. 나는 다른 예술 작품도 정말 멋졌지만 모나리자 그림이 가장 기억에 남는다. 모나리자 그림은 원뿔 모양으로 되어 있고 안에 나선으로 되어 있다. 또 원근법을 이용해 가장자리로 갈수록 뿌옇게 되는 효과를 이용하고 있어 세계에서 인정하는 3D 작품이다.

모나리자 그림 옆에는 나폴레옹 대관식 그림이 있었는데, 그 그림에는 베르사유 궁전과는 달리 왼쪽에서 두 번째 여자가 흰옷을 입고 있으며, 교황과 나폴레옹의 어머니의 표정이 좋지 않게 그려졌다. 왜냐하면 이 그림을 그린 화가 다비드가 사랑하는 여자가 나폴레옹의 여동생이었는데 나폴레옹이 그 둘을 만나지 못하게 했기 때문에 화가 나서이다. 나폴레옹이 베르사유 궁전에 있는 그림에 있는 여자(나폴레옹의 여동생, 나폴레옹은 못 알아봄)를 왜 분홍색으로 색칠했냐고 하자 순서를 정하기 위해서라고 하고, 3번째 그림은 세 번째 여자를 분홍색으로 칠할 것이라고 재치 있게 대답했다고 한다. 또 루브르 박물관에서 나는 새로운 것을 알게 되었다. 바로 우리가 즐겨 신는 나이키 운동화가 승리의 여신 니케의 이름이라는 것이다. 나는 이 이야기를 듣고 깜짝 놀랐다.

여러 가지 다른 작품도 구경하고 루브르 박물관에서 나와 한식 식당에서 점심을 먹고 파리4대학에 갔다. 프랑스는 모든 학비가 무료라고 한다. 이것이 나는 정말 부럽고 프랑스가 교육 시설이 발달한 나라인 것 같다는 생각도 잠시 했다. 그다음으로 프랑스의 위인들의 무덤 판테온에 갔다. 무덤이라 그런지 조금 으스스하고 지하라 살짝 추웠다. 이곳에는 퀴리 부인을 포함에 프랑스의 훌륭한 사람들이 많이 묻혀 있었다. 분위기가 엄숙하고 조용했다.

마지막으로 콩코르드 광장에 갔다. 이 광장은 루이 16세와 그의 아내 마리 앙투아네트가 처형당한 곳이기도 하다. 슬픈 현장이다. 그러나 지금은 사람들이 많이 찾아와서 쉬는 공간으로 바뀐 것 같다. 그 앞에는 튈릴리 공원이 있다. 그곳에서 놀이기구가 있는 곳으로 갔는데 너무 비싸서 타진 못하고 구경하다 나와 테제베를 타고 스위스로 향했다.

테제베 안에서 바라보는 밖의 경치가 아름다웠다. 우리는 기차 안에서 또 저녁을 먹고 스위스 제네바에 도착했다. 기다리고 계신 가이드 선생님을 만나고 버스를 타소 다시 숙소로 향했다. 30분 정도 달려서 도착한 곳은 스위스가 아닌 다시 프랑스라고 했다. 밤에도 국경을 자유롭게 왔다 갔다 하는 이곳의 상황이 부럽기만 했다.

우리는 같은 나라인데도 오고가지 못하고 있는데 이곳에는 어떻게 이럴 수가 있을까 생각을 했다. 왔다 갔다 해도 아무런 사고도 나지 않고 서로 좋은데 우리나라는 언제쯤 이런 모습을 볼 수 있을까 생각을 했다. 그러고 보면 우리나라는 참 슬픈 나라인 것 같다. 이 슬픔이 언제쯤 사라질 것인가 숙제이다 이런저런 생각으로 호텔에 도착하고 우리는 저녁에 조별로 모임을 하고 내일을 위해서 잠자리에 들었다.

에펠탑

센 강 앞에 에펠탑이 우뚝하게 서 있다
301미터의 큰 키를 자랑하면서.

밤이 되어 에펠탑은 조명을 밝히고
레이저 쇼를 시작한다.
과거 언제 비난을 당했느냐는 듯이.

이윽고 사람들이 하나둘씩 떠나가고
묵묵히 센 강을 지킨다.
자신이 프랑스의 상징이라는
것을 뽐내면서.

스위스 ^{8월 8일}

테제베를 타고 도착한 스위스는 공기가 맑은 나라이면서 알프스의 양지 바른 곳에 자리한 조그마한 나라였다. 이 나라는 기계가 발달했고 시계를 잘 만드는 나라라고 한다. 이곳에서의 첫 여행지는 UN본부이다. UN본부에는 다리가 하나 부러진 커다란 의자가 있었다. 이 의자는 장애인들도 평등하게 살 수 있다는 장애인을 위한 의자이다. 솔직히 나는 사진은 찍었지만 보지 못했다. 왜냐하면 엄마가 어떤 기둥을 잡고 사진을 찍었긴 했는데 이것이 의자라는 것을 몰랐기 때문이다. 뒤늦게 이것이 의자라는 것을 알았다.

그다음으로 이동한 곳은 수심이 350미터나 되는 레만 호수이다. 호수 하나가 350미터나 되다니 정말 깊은 것 같다. 이곳에는 높이 올라가는 분수를 보았는데 정말 높이 올라가 신기했다. 잠깐 면세점에 들러 시계 '스와치'를 산 후 차를 타고 샤모니로 이동해 점심으로 퐁듀를 먹었다. 거의 모든 사람들이 퐁듀라고 하면 치즈 퐁듀를 생각하지만 우리는 기름에 튀겨 먹는 고기 퐁듀를 먹었다. 이것 또한 맛있었지만 나중에 또 올 기회가 생기면 치즈 퐁듀를 먹어 보고 싶다. 그다음으로는 스위스의 하이라이트인 알프스 산맥에 위치해 있는 몽블란 산에 갔다. 몽블란 산 꼭대기까지 케이블카를 두 번 갈아탔는데 조금 험하게 올라가서 살짝 스릴감도 있으면서 짜릿했다. 꼭대기에 도착했을 대는 살짝 귀가 멍멍하고 추웠다. 3,428미터의 산 위에서 본 경치는 최고였으며 구름이 발아래에 있는 것과 한여름인데도 얼음이 있는 것이 신기했다. 한번 구름을 만져 보고 싶었으나 너무 멀리 있어 떨어질까 봐 만져 보지 못했다. 하지만 경치는 아름다웠다.

구경을 모두 끝내고 다시 케이블카를 타고 내려와 버스로 3시간을 달려 이탈리아 밀라노에 도착했다. 밀라노에 도착해 피자와 돈가스를 저녁으로 먹었는데 정말 맛있으면서 신기했다. 우리나라 피자는 크고 보통 다른 사람과 나눠 먹으며 이것저것 올라가 있는데 이탈리아 피자는 한 사람당 한 피자씩 먹으며, 크기가 적당하며 치즈와 소스 정도만 올라가 있어 깔끔하고 담백한 맛이었다. 만약에 어떤 사람이 둘 중 어떤 것이 더 맛있냐고 물어본다면 나는 각자 개성이 있어 고르지 못한다고 대답할 것 같다.

저녁을 먹고 두오모 성당과 스칼라 극장을 배경으로 사진을 찍은 후 호텔로 돌아갔다. 호텔로 돌아가기 전에 거리를 잠깐 눈으로 구경했는데 밀라노는 패션의 도시라는 말이 걸맞게 루이비통과 프라다, 샤넬 등의 명품 브랜드와 옷이 굉장히 많았다.

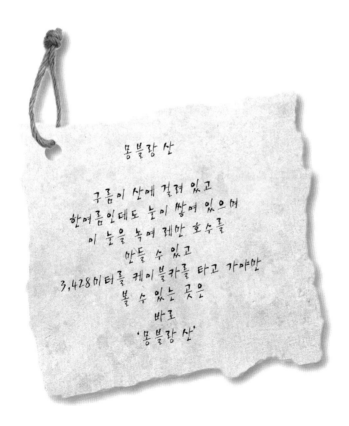

몽블랑 산

구름이 산에 걸려 있고
한여름인데도 눈이 쌓여 있으며
이 눈을 녹여 레만 호수를
만들 수 있고
3,428미터를 케이블카를 타고 가야만
볼 수 있는 곳은
바로
'몽블랑 산'

밀라노에서 피사를 거쳐 로마로 ^{8월 9일}

　　　　　　　우리는 아침 일찍 짐을 싸고 빵으로 아침을
해결하고 버스에 올랐다. 로마를 향해 가는 중에 피사에 들렀다. 어제 늦
게 밀라노에 도착하고 아침 일찍 일어나서인지 몸이 피곤했다. 그래도 일
정은 진행되고 있고 우리는 그 일정을 완수해야 한다.

　피사를 향해 가는 동안 잠을 자거나 밖을 구경하면서 시간을 보냈다. 피
사의 사탑은 책에서나 텔레비전을 통해서 많이 보았다. 기울어진 것이 대
표적인 특징이다. 차에서 내려 피사의 사탑이 있는 곳까지 걸어가는 중에
서 길가에 물건을 파는 사람들이 많았다. 그런데 대부분이 흑인이었다. 아
프리카에서 온 사람들인 것 같았다. 이 사람들은 어쩌면 가족과 헤어져서
살고 있을 텐데 표정은 밝았다. 어쩌면 마음은 어두울지도 모르겠다. 우리
말을 그들은 잘했다. 우리가 어떻게 대한민국에서 왔는지 알고 우리 말을
할까 생각했다. 우리는 물건을 파는 사람들의 유혹을 물리치고 피사의 사
탑이 있는 곳으로 들어갔다. 많은 사람들이 이미 와 있었다. 저 멀리에 기

울어진 사탑이 보였다. 책에서나 볼 수 있던 것을 직접 내 눈으로 보게 되고 5.5도나 기울어져 있는 데도 쓰러지지 않는 것이 신기했다. 우리는 이런저런 포즈로 사진을 찍고 주변을 구경했다. 사탑 구경을 다하고 점심으로 중국 음식을 먹었다. 입에 잘 맞지는 않았지만 돌아가면서 먹는 음식이 독특했다. 점심을 먹고 로마로 향했다. 로마에 도착해 시내는 구경하지 못하고 바로 숙소에 들어왔다. 많은 사람들이 기대하고 기대한 로마이다. 얼마나 위대하고 거대한지 기대된다. 그래서 내일의 일정이 기다려진다.

로마의 첫날 ^{8월 10일}

　　　　　　　　아침 일찍 카타콤베에 갔다. 카타콤베에 들어가기 전의 이탈리아 날씨는 다른 나라에 비해 덥고 후덥지근했다. 우리가 들어가려고 한 이곳은 로마의 학대를 버티지 못하고 기독교인들이 숨

피사의 사탑

5.5도가 기울어져 있는 너
살짝 삐딱한 것이 꼭 사춘기
소년인 것 같구나.

그 삐딱함을 고치기 위해
무거운 자재를 이용해 힘으로
억제하려 했으나 통하지
않아 더 삐딱해진 것이 꼭
말을 듣지 않는 어린아이 같구나.

사춘기 소년과 어린아이 같은
너가 영원하기를 바란다.

어서 신앙을 지키며 살았던 곳이라고 한다. 지하의 어두운 곳에서 살면서 신앙을 지키다가 그곳에서 죽은 사람들도 많다고 한다. 나는 카타콤베에 들어와서 시원함을 느꼈다. 땅속이라 그러한지 시원하고 밖보다는 좋았다. 이 카타콤베는 길이가 20킬로미터이고 기독교인들의 시체가 20만구나 있는 거대한 지하 동굴이어서 조금 으스스했다.

카타콤베를 다 보고 트레비 분수로 향했다. 세 갈래 길이라는 뜻을 가진 트레비 분수에서 동전을 던져 보고 싶었으나 트레비 분수가 공사 중 이어서 그냥 조그마하게 떠놓은 물에 동전을 던졌다. 조금 아쉬웠다. 그 아쉬움을 달래기 위해 본젤라또를 먹었는데 정말 맛있었다. 많은 사람들이 그곳에서 본젤라또를 사 먹었다. 길에서 걸어 다니며 먹는 맛이 더 맛있었다. 그리고 걸어서 전쟁기념관에 갔다. 전쟁기념관에서는 사진만 찍은 뒤 콜로세움으로 걸어서 이동했다. 콜로세움까지 걸어서 이동해서 그런지 더웠다.

콜로세움은 현재 1/3만 남은 원형경기장이다. 이곳에서는 검투사 vs. 검투사 짐승 vs. 검투사를 싸움을 시켜 검투사가 질 경우 시민들의 다수결에 의해 죽일지 살릴지를 결정하고 이길 경우 로마 시민권과 자유를 얻을 수 있었다고 한다. 조금 잔인한 유적지인 것 같다. 지금도 그때의 함성이 들릴 것 같은 웅장함이 있었다. 콜로세움을 둘러본 후 점심을 먹었다. 그다음으로 세계 3대 박물관인 바티칸 박물관으로 이동했다. 바티칸 박물관에는 사람들이 굉장히 많이 줄을 서고 있었는데 우리는 예약을 해서 시간을 소비하지 않고 바로 들어갔다. 바티칸 박물관에서 미켈란젤로의 천지창조, 최후의 심판이라는 작품과 라오콘 동상, 세계에서 가장 이상적인 비율인 황금비율로 이루어진 아폴로 조각상을 보았다. 아름다운 작품과 조각을 볼 때마다 이병훈 가이드 선생님이 성경에 관한 이야기를 재미있고 흥미진진하게 해 주서서 더 재미있었다. 성 베드로 성당에 가서는 부오나로티를 보고 사진을 찍고 저녁으로 중식을 먹은 후 숙소로 돌아왔다. 숙소에서 씻고 조별로 모여 하루의 일을 되돌아보며 토론을 했는데 오늘 하루는 많은 것을 보고 느낀 것이 많았던 하루였다.

로마의 둘째 날 ^{8월 11일}

오늘은 로마의 둘째 날이다. 아침에 일어나서 바쁘게 준비하고 버스에 몸을 실었다. 오늘은 소렌토와 나폴리 그리고 폼페이를 보는 날이다. 버스를 타고 이동을 많이 해야 한다고 하셨다. 소렌토로 출발했다. 소렌토는 폼페이를 가기 전 잠시 들른 곳인데 절벽이 예술이었다. 넓게 펼쳐진 바다가 나의 마음을 편안하게 하는 것 같았다. 우리는 바다를 배경으로 사진을 많이 찍었다. 너무 멋있고 시원했다. 소렌토를 멀리서 바라보고 차를 돌려 식당으로 향했다. 그 식당은 스파게티를 파는 레스토랑 식당이다. 잠시 기다린 후 웨이터가 접시를 가져왔다. 접시에는 토마토스파게티와 새우, 오징어 튀김이 담겨져 있었다. 이병훈 가이드 선생님이 잘 찾아보면 새우가 있을 거라고 하셨지만 역시나 나는 없었다. 하지만 스파게티는 맛있었다. 오징어 튀김은 한국과 다르게 튀김옷이 살짝 눅눅하고 오징어가 부드러웠다. 새우튀김은 한국처럼 바삭바삭했고 맛있었다. 후식으로 수박이 나왔는데 굉장히 시원하고 달콤했다. 식사를 마친 후 폼페이로 이동했다.

　폼페이는 베수비오 산이 폭발해서 한순간의 몸이 굳어 버린 슬픈 곳이다. 목욕탕과 화덕 등이 있는 계획적인 도시였는데 화산이 폭발해 단 한순간의 목숨을 잃은 사람들은 얼마나 공포스러웠을까?라는 생각도 들기도 한다. 도망을 갈려다 그대로 굳은 사람들, 아기를 보호하려고 감싸다 그대로 죽은 사람들을 볼 때마다 마음이 아프다. 폼페이는 땅속에 1,700년 동안 묻혀 있다가 발견된 곳이라고 한다. 베수비오 화산이 얼마나 대단했기에 도시 전체가 화산재에 묻혔을까 생각을 해 보니 이해가 잘 되지 않았다. 그것도 화산재가 5미터였다니 너무 기가 막혔다. 우리나라도 백두산이 폭발할 수 있다는데 생각만 해도 너무 끔찍했다. 역시 자연의 힘은 위대하다는 생각을 했다. 우리는 이곳에서 목욕탕 등을 구경한 후 나폴리로 이동했다. 나폴리는 아름다운 항구라고 들었다. 그래서 세계 3대 항구 중에 하나라고 한다. 세계 3대 항구는 이곳 나폴리 항구와 브라질의 리우자네르 항구 그리고 호주의 시드니 항구라고 한다. 그런데 선생님이 말씀하시기를 우리나라의 통영이 더 아름답다고 하셨다. 그래서 통영에 가면 한국의 나폴리라는 문구가 많이 있다고 하셨다. 통영을 가 보지 못했는데 가 보고 싶다는 생각을 했다. 나폴리는 깨끗하지도 않고 아파트 창문에 빨래를 많이 널어놓은 것이 특징이었다. 그냥 항구라는 느낌밖에는 없었다.

나폴리를 둘러보고 숙소를 향해 가면서 저녁으로 한식을 먹으로 갔다. 우리는 한식으로 제육볶음을 먹으러 갔다. 그런데 버스 안에서 소중한님이 오늘 저녁에 추가로 먹는 공기밥을 사 주신다고 하셨다. 오빠들은 공기밥을 많이 먹겠다고 아우성이었다. 식당에 도착하고 이곳저곳에서 공기밥 추가를 외치고 있었다. 그런데 그때 식당 사장님이 오늘 공기밥 값은 받지 않는다고 하셨다. 이럴 수가 있을까? 소중한님은 이 사실을 미리 알고 그렇게 말씀하셨을까 생각을 했다. 나중에 들은 이야기인데 그것은 아니고 소중한님이 지난번에 왔을 때도 이곳에서 밥을 먹었다고 하셨다. 어쨌든 우리와 모든 사람들은 제육볶음과 공기밥을 마음껏 먹고 나왔다. 그리고 숙소를 향해 갔다. 숙소에 도착해 하루를 되돌아보니 폼페이도 생각이 나고 소렌토에서의 멋진 풍경도 생각이 났다. 맛있는 식당과 여러 가지 일들이 생각이 나는 하루였다. 오늘은 참 의미 있는 하루였다.

로마의 셋째 날 ^{8월 12일}

　　　　　　　아침 일찍 일어나 버스를 타고 미켈란젤로 언덕으로 이동했다. 미켈란젤로 언덕에서 꽃의 도시라는 뜻을 가진 피렌체 전경을 보았다. 그곳에는 다비드 상, 피렌체 마을, 두오모 성당, 베케오 다리가 보였다. 미켈란젤로 언덕에서 사진을 찍고 단테의 생가가 있는 곳으로 이동했다. 단테의 생가 앞에서 어떤 할머니가 물을 뿌려 단테의 얼굴이 나오게 했다는데 나는 보지 못해서 아쉬웠다. 기타를 치는 사람도 있었는데 기타를 매우 잘 쳐서 귀가 즐거웠다. 그리고 두오모 성당으로 갔는데 정말 아름답고 웅장했다. 그리고 신기한 건 이유는 모르겠지만 두오모 성당이 꼭 내가 바라보는 쪽으로 살짝 기울어지는 것처럼 보였다. 두오모 성당 앞에는 비둘기가 굉장히 많아서 구경하기도 했다. 잠시 벤치에 앉아 있을 때 어떤 분께서 민정이 언니한테 "북한이냐 남한이냐."라고 영어로 물어봤는데 언니가 잠깐 헷갈려서인지 북한이라고 대답했다고 한다.

　　두오모 성당을 사진기에 많이 담고 시뇨리아 광장에 갔는데 조별 사진을 찍다가 엄마와 은진 언니와 헤어져서 찾으러 다니면서 민정이 언니 사진을 찍어 줬다. 어디로 보든 정면이 보이는 동상 앞에서 사진을 찍어 줬는데 어디로 보든 정면이 보이는 동상이 신기했다. 또 포세이돈 상이 보이는 다비드 상도 보았다. 구경을 모두 다하고 면세점에 잠깐 들렀는데 언니와 아빠는 지갑을 샀다. 이니셜까지 새기고 말이다. 나도 사고 싶었지만 엄마가 나는 나중에 더 크면 사 준다고 했다. 언제 또 기회가 온다고. 어쨌든 지갑을 구입하고 베네치아 호텔로 2시간 30분 동안 버스를 타고 달려 숙소로 왔다.

로마의 넷째 날, 베네치아 ^{8월 13일}

아침 일찍 일어나 배를 타기 위해 항구로 20분 동안 달려갔다. 배를 타고 베네치아로 들어가는데 살짝 흔들흔들하는 것이 재미있었다. 베네치아에 도착하고 조별로 이동할 때, 세은 언니와 주희 언니와 다닌다고 해서 해오름님, 민정 언니, 강민 오빠와 함께 다녔다. 나는 산마르코 광장을 여유롭게 돌아다니며 맛있는 음식도 먹으며 다니고 싶었지만 강민 오빠가 스와치 시계를 사지 않았다고 해서 30-40분씩 거리를 모두 걸어 다니며 헤매다가 스와치 시계를 샀다. 여유롭게 다니고 싶었던 나의 꿈은 산산조각이 났지만 여유롭게 다니면 어차피 시간이 모자랐을 것 같고 빨리빨리 다니느라 거리 전체를 모두 구경할 수 있었던 것 같다. 또 해오름님이 햄버거도 사 주셨다. 그런데 이 햄버거는 우리가 지금까지 냈던 벌금으로 사 주신 거였다. 나는 버킹엄 궁전 때 벌금으로 5유로를 냈는데 햄버거는 4유로이므로 나는 1유로를 손해를 본 것이었다. "맛있었으면 됐지."라고 긍정적으로 생각하고 약속된 장소로 모였다.

모든 사람들이 다 모이자 가이드 선생님이 탄식의 다리가 무엇인지 알려 주셨다. 탄식의 다리는 궁전과 감옥을 연결해 주는 다리로 사람들이 이 다리를 건널 때마다 '이제 세상 밖에 못 나가겠구나.'라고 생각하며 탄식을 했다고 해서 탄식의 다리라는 이름이 붙여졌다고 한다. 탄식의 다리에서 유일하게 도망쳐 나온 사람은 카사노바라고 한다. 탄식의 다리를 본 후 점심을 먹기 전에 옆에 면세점에서 발사믹 식초와 올리브오일을 산 후 옆에 식당에 들어가서 비빔밥을 먹었다. 비빔밥은 정들었던 이병훈 가이드 선생님과의 마지막 점심이었다. 식사 후 우리는 버스에 올라가고 이병훈 가이드 선생님은 우리가 갈 때까지 손을 흔들어 주셨다. 버스가 출발하고 가이드 선생님 없이 우리는 5시간가량 달려 오스트리아에 도착했다.

오스트리아 인스부르크에 가는 도중 비가 오는 바람에 구름이 산에 걸쳐져 있었는데 비가 오기 전 경치는 정말 아름다웠다. 오스트리아에 도착해서

오스트리아 소시지

여기는 인스부르크!
황금 지붕 앞에 있는 마트가 눈에 보였다.
우리는 배고픈 짐승들처럼 마트를 향했고
나는 소시지 두 개를 샀다.
그런데 소시지를 보니 오동통
한 것이 생각났다.
어디서 많이 본 듯해 생각하니
우리 언니 팔뚝과 닮았다.

저녁을 먹고 황금의 지붕이 있는 곳으로 이동했다. 황금의 지붕은 생각보다 좀 많이 작았다. 바로 앞에 있는 마리아 테레지아 거리에 있는 합스부르크 왕가가 살았던 궁전에서 사진을 찍고 마트로 갔는데 솔지 언니가 초콜릿을 사 주었다. 엄마는 소시지 2개를 사서 집에 가서 찌개에 넣어 먹을 거라고 하셨다. 그런데 가만히 생각해 보니 이 소시지 두 개는 꼭 우리 언니 팔뚝처럼 커 보였다. 버스로 이동해 호텔에 도착해서 솔지 언니가 사 준 초콜릿을 먹는데 정말 맛있었다. 오늘 하루는 이탈리아에서 이곳 오스트리아로 옮겨진 날이다. 금방금방 나라를 이동하는 것이 신기했다. 편안한 유럽이다.

독일 ^{8월 14일}

아침 일찍 일어나 간단히 아침을 먹은 후 오스트리아 인스부르크에서 독일로 향했다. 먼 거리를 버스로 이동해야

해서 버스 안에서는 많은 사람들이 잠을 잤지만 나는 바깥 구경을 하며 갔다. 산 위에 있는 집들이 그림 같은 느낌을 주었다. 집 앞에는 대부분 목장 같은 잔디밭이 있었다. 낮이라 그런지 소나 양은 거의 볼 수가 없었고 어떤 집은 양들이 나와서 풀을 뜯곤 했다. 평온해 보였다. 한참을 버스로 달려서 하이델베르크에 도착했다.

우리들은 네카 강을 잠시 구경하며 사진을 찍은 후 하이델베르크 고성 대학가로 이동했다. 고성을 향해 작은 기차 같은 것을 타고 올라갔다. 가장 기억에 남는 것은 엄청 큰 와인 통이 있다는 것이다. 이 안에 들어갈 수 있는 와인은 20만 리터라고 한다. 이 커다란 와인 통을 씻기 위해서 어린 아이들을 줄로 매달아 강제로 닦게 만들었다고 한다. 고성에서 바라보는 네카 강 주변과 하이델베르크는 아름다웠다. 여러 가지 포즈로 사진을 찍고 레드옥센으로 이동했다. 이때 살짝 비가 내리기 시작해서 우산을 쓰며 가이드 선생님 설명을 들었은 데 잘 기억이 나지 않고 독일에서 가장 오래된 대학교라는 설명밖에 생각나지 않는다. 점심을 먹고 마지막 도시인 프랑크푸르트로 2시간 정도 달려서 프랑크푸르트에 있는 숙소로 들어갔다.

아침을 간단히 먹고 성 바돌로매 대성당으로 이동했다. 우리가 성당 안에 들어갈 때 비가 조금씩 오기 시작했다. 그래서 밖의 온도는 꽤 쌀쌀했는데 성당 안은 따뜻했다. 설명을 모두 다 듣고 이제 나가야 할 시간, 이때 비는 거세게 많이 왔다. 그래서 그칠 때까지 기다리기로 하고 성당 안에서 기다리고 있는데 좀처럼 그칠 생각을 하지 않았다. 시간이 더 이상 지체되면 안 돼서 결국 뛰어갔다. 거센 비는 차츰차츰 약해져서 다행이었다. 이때 뢰머 광장 앞에서 결혼식을 하고 있었다고 하는데 나는 생각이 나지 않는다. 잠깐 면세점에 들러서 엄마는 가위와 손톱깎이를 샀다.

한국에 가기 위해 공항에 도착했을 때 아쉬움만 남을 줄 알았으나 한편으로는 집에 가고 싶다는 생각도 났다. 나의 로망 유럽에서 최고급 호텔에 지내면서 양식 음식을 먹었지만 좁은 우리 집과 한식이 그리운 것은 내가 한국인이라는 증거인 것 같다. 이제 한국에 돌아갈 일만 남았다. 비행기를

타고 카타르 도하에 내려 기다리다 인천공항에 도착했을 때는 마음이 정

말 편안해졌다.

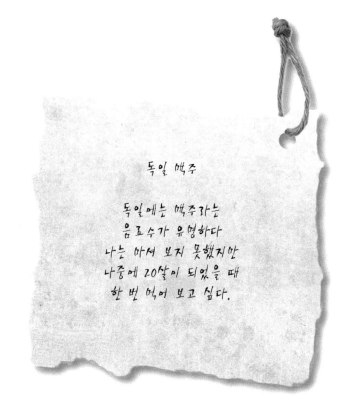

독일 맥주

독일에는 맥주라는
음료수가 유명하다
나는 마셔 보지 못했지만
나중에 20살이 되었을 때
한 번 먹어 보고 싶다.

은진이와 함께하는
13박 14일

유럽의 유혹

"은진아, 서부 유럽 갈래?"

어느 더운 여름날! 엄마가 내게 말했다. 나는 엄마에게 "아니, 엄마 잘 다녀오세요."라고 말했다.

가지 않겠다고 한 이유에는 몇 가지가 있다. 첫째, 그 전 겨울에 스페인, 포르투갈, 모로코에 다녀왔다. 둘째, 그 더운 여름에 여행을 간다면 분명 땀을 흘리고 힘들 것이다. 셋째, 가장 큰 이유는 기간이 너무 길다. 13박 14일, 2주 동안이나 여행을 한다면 한국에 들어왔을 때 이미 여름방학은 끝에 접어든다. 한국에서 에어컨 바람을 쐬며 친구들과 편하게 있을 수 있는 시간을 모두 포기하고 가야 하기 때문이다.

역시 2주나 되는 기간과 더운 날씨가 가장 큰 이유였다. 하지만 무조건 가기 싫은 것만은 아니었다. 왜냐하면 영국, 프랑스, 이탈리아 등 일정에 있는 나라들이 내가 꼭 가 보고 싶은 나라였기 때문이다.

며칠에 한 번씩 엄마는 내게 유럽에 가는 것에 대해 말했다. 나는 그때마다 가고는 싶지만 이런저런 핑계를 대며 거절하고 그 자리를 피했다. 그런데 어느 주말 저녁, 학원에 다녀오는 길에 아빠 차에서 아빠와 이런저런 이야기를 하다가 모든 사실을 알게 되었다.

"몰랐어? 엄마가 지금 여행가는 거 다 준비해 놓고 여권이랑 이것저것 챙기고 있는데?"

"응?!"

이럴 수가! 엄마가 나한테는 말하지 않고 이미 여행 갈 준비를 마쳐가는 것이었다. 내가 자꾸 가지 않겠다고 하니까 나에게는 비밀로 하고 나중에 알릴 것이었던 것이다. 아빠는 실수했다는 것을 알아차리고 말끝은 흐리며 시선을 앞으로 돌리고 운전에 열중했다. 그동안 내 머릿속은 탄산음료를 마신 것처럼 여러 가지 생각이 퍼퍼펑! 튀어 올랐다.

"여름 방학 중 절반이나 여행에 써 버리는 건가? 이 더운 여름에?"

"방학 동안 친구들이랑 못 노는 건가?"

"이왕 이렇게 된 거 내가 가고 싶었던 나라들이니까 가서 즐기다 와야겠지?"

"엄마가 나한테 말을 하지 않고 몰래 진행하다니…."

'근데 나 정말 유럽 여행 가는 건가?'

집에 도착해 도저히 용기가 나질 않아 미루다가 며칠 뒤에 엄마에게 여행에 대한 이야기를 꺼냈다. 엄마는 처음에는 당황하셨지만 어떻게 알았느냐며 웃음으로 넘기려 하셨다. 나도 너무 웃겨서 차에서 아빠한테 들었다며 웃으며 말했다. 둘이서 한참을 웃으며 결국 여행가는 것에 대해 이야기를 했고 나는 그 사실을 받아들였다. 이것이 여행가기 약 1달 전 쯤 있었던 일이다.

사실 그 전에 엄마가 나를 설득할 때 흔들린 적이 있었는데 가장 큰 이유가 바로 '아빠'였다. 아빠는 항상 우리가 여행을 갈 때 한 번도 같이 간적이 없었고 이번에는 아빠도 함께 가게 되었기 때문이다. 아빠도 같이 가는 우리 가족 첫 번째 해외여행인데 가는 것이 어떻겠냐는 엄마의 설득이었다. 그 설득은 나의 마음을 마시멜로처럼 녹이고 있었다.

본격적인 준비 ^{7월 30일 31일}

　　　　　시간이 흘러 인천에 있는 미추홀 독서문화
원에서 서부 유럽 준비 교육으로 세미나가 열렸다. 아쉽게도 나는 이틀 다
가지 못했다. 첫날은 방학 과제로 친구들과 대학 탐방을 가느라 가지 못했
고 그리고 두 번째 날은 몸살이 났기 때문이다.

　엄마와 민혁, 현진이는 세미나에 충실히 나가 교육을 듣고 왔다. 나는
그러지 못했기 때문에 집에서 책이나 인터넷을 살짝 뒤적거려 보았다.

　이번 서부 유럽 여행지로는 여섯 나라가 있다. '영국, 프랑스, 스위스, 이
탈리아, 오스트리아, 독일' 모두 유명하고 지금 세계의 중심인 나라들이다.
그중에서도 나는 영국, 프랑스, 이탈리아와 독일에 가장 큰 기대가 되었
다. 항상 어른이 되면 그 나라에 가 보겠다는 다짐을 했었다.

　영국의 빅벤과 타워브리지
　프랑스의 에펠탑

이탈리아의 피사의 사탑, 스파게티와 피자 먹기

독일의 소시지와 맥주 먹기

위에 쓴 내용들은 내 로망이었고 꼭 이루고 싶은 소망이었다. 그런데 생
각보다 빨리 그 로망을 이루게 되어서 기뻤고 굉장히 설렜다. 그렇게 하루
하루 커지는 두근거림을 안고 유럽으로 떠나는 날이 점점 다가왔다.

유럽으로 향하다 8월 3일

우리 가족 모두가 처음으로 하는 여행! 그
것도 유럽 여행!

모든 준비가 끝나고 이제 인천공항으로 출발할 시간이다. 가족이 5명이
다 보니 택시 두 대를 타고 짐을 나눠 싣고 아빠, 나, 현진이가 한 차를, 엄

마와 민혁이가 나머지 한 차를 탔다.

밤 10시 30분까지 공항에 집합하기로 되어 있어 우리 가족은 어두워진 밤에 집에서 나왔는 데 비가 왔다. 덕분에 짐을 싣는 동안 머리와 옷이 젖었지만 빗방울이 잘 다녀오라고 배웅해 주는 것이라고 생각하기로 했다. 공항으로 가는 동안 혹시 비가 너무 와서 비행기가 이륙하지 못하면 어쩌나 하는 생각도 했다.

빗속을 달리고 달려 마침내 환한 인천공항에 도착했다. 늦은 밤에 인천공항에 온 경우는 처음인데다가 밤이라 그런지 사람이 거의 없었다. 여러 사람들이 모여 웅성웅성한 느낌 대신 고요한 느낌이 가득했고 아늑했다.

아메리카노 한 잔을 마시며 우리끼리 두런두런 이야기를 나누다가 지성근 선생님을 만나 인사드리고 게이트가 옮겨졌다는 소식을 들었다. 바뀐 장소로 가 보니 이번 여행을 같이 할 일행들이 있었다. 앉아서 핸드폰으로 친구들과 이야기를 했는데 출발 시간이 점점 다가오자 친구들이 조심히 잘 다녀오고 재밌게 놀다오라는 전화를 해 주었다.

새벽 1시 30분 비행기를 타기 위해 우리들은 움직였다. 우리는 인천공항에서 카타르의 수도인 도하의 공항으로 가는 티켓을 받았다.

비행기에 탔을 때 중동 여자아이들 사이에 내가 앉게 되고 우리 일행 사이에 한 중동 여자아이가 타게 되었다. 그 여자아이들은 일행이 떨어지는 것을 걱정하는 눈치였기 때문에 혹시 자리를 바꾸고 싶은지 내가 물어보았다. 우리 일행을 가리키며 같이 왔느냐고 묻기에 내가 그렇다고 했고 서로 흔쾌히 자리를 바꿔 앉았다. 고맙다고 하는 그 아이들과 인사를 하고 자리에 앉고 드디어 비행기가 이륙했다.

비행기 안에서 노래도 듣고, 게임도 하고, 드라마도 보며 시간을 보냈다. 이상하게 집에서 보내는 9시간은 금방 가는데 비행기에서의 9시간은 너무도 길었다. 이것저것 다 해도 겨우 지난 시간은 3시간이 채 되지 않았다. 그리고 나는 비행기에 오래 타면 공기가 탁해서 꼭 머리가 아프고 속이 안 좋다. 거기다가 꼭 여행 가기 전날부터 컨디션이 굉장히 안 좋은데 다행히 이번에는 견딜만 했다.

기내식과 간식을 먹고, 잠도 자고, 게임도 하고. 이 일을 반복하다 보니 마침내 착륙 시간이 얼마 남지 않았다. 마침내 도하 공항에 도착했는데 후끈하고 매캐한 냄새가 났다.

공항이 더웠던 적은 처음이어서 놀랐고 매캐한 냄새는 찜질방에서 맡는 냄새 같았다. 안쪽으로 들어가니 아주 커다랗고 노란 곰 인형이 앉아 있었다. 우리뿐만 아니라 다른 관광객들도 신기한지 연신 카메라 셔터를 눌러 대었다. 도하에서 3시간 동안 쉬며 비행시간이 되기를 기다렸다.

이제 드디어 영국으로 떠날 시간이 되어 게이트로 발걸음을 옮겼다. 또 5시간 동안 날아가야 한다는 생각에 걱정이 되었지만 영국 생각을 하며 지루함을 달래었다. 이번에는 도하에서 영국의 히드로 공항으로 날아간다.

유럽에 첫발을 ^{8월 4일}

멍한 상태로 5시간을 비행기에서 보내고 드디어 꿈에 그리던 영국에 도착했다. 내가 말로만 듣던 영국의 런던에 오다니! 너무나 피곤했지만 그래도 런던에 왔다는 생각에 가슴이 벅차올랐다. 우리 일행은 아침과 점심 사이에 도착해서 바로 탐방이 시작되었다.

공항 밖에서 잠시 버스를 기다리며 주변을 살펴보았다.

우리나라에서는 보기 어려운 푸른 하늘과 한창 여름이면 끈적이고 더운 한국과는 다른 선선함, 영국의 첫인상은 최고였다. 유럽은 건조하기 때문에 우리나라만큼 덥지 않다는 사실은 들었기 때문에 어느 정도는 알고 있었지만 한 여름에 이렇게나 선선할 줄은 몰랐다. 잠시 뒤 버스를 타고 가장 먼저 간 곳은 자연사 박물관이었다. 긴 시간을 날아와 많이 피곤하고 멍한 상태였지만 괜찮았다.

입장 전 잠시 줄을 섰는데 우연히 한 영국인 여자 아이와 짧게 대화를 나누게 되었다. 줄이 엇갈려 엄마, 아빠와 나와 동생들 사이에 그 여자아이와 동생으로 보이는 남자아이가 서 있었는데 서로 눈이 마주쳤다. 자꾸 시선이 마주치고 피하고를 반복하며 서로 눈치를 보다가 인사를 건네 보았다.

처음엔 서로 눈이 마주쳤는데도 쑥스럽기도 했고 말이 통하지 않을까 봐 말을 못했고, 중국인인 줄 알았다고 했다. 그리고 앞에 서 있는 사람이 엄마 아빠냐고 해서 그렇다고 했더니 고맙게도 자리를 바꿔 주었다. 짧은 대화를 했지만, 외국에 나오니 아무 거리낌 없이 처음 보는 사람과도 대화를 할 수 있어서 기뻤다. 영국에 오자마자 첫 번째로 일어난 일이었고 첫 시작부터가 기분 좋았기 때문에 영국에 대한 인상이 계속해서 좋아졌다.

얼마 지나지 않아 자연사 박물관에 입장했다. 들어가자마자 보인 것은 아주 커다란 공룡 뼈였다. 그 커다란 공룡이 바로 영화 "박물관은 살아 있다"에 나온 그 뼈라고 가이드 선생님께서 말씀해 주셨다. 기다란 공룡을 지나서 2층으로 올라가니 많은 나비와 광물들이 전시되어 있었다. 광물들은 비슷해 보이는 것들도 있고 눈에 다이아몬드나 에메랄드처럼 눈에 띄는 것들도 있었다. 그 밖에도 몇 가지 전시물들을 보고 다시 커다란 공룡을 지나 밖으로 나왔다. 자연사 박물관은 사람이 많긴 했지만 내부가 복잡하지 않고 그리 많지 않은 전시물들이 있었기 때문에 가벼운 마음으로 보고 나올 수 있었다.

두 번째로 간 곳은 내셔널 갤러리(The National Gallery)와 트래펄가 광장이었다. 내셔널 갤러리는 영국 최초의 국립 미술관이라고 한다. 1824년 금융가이면서 미술 애호가였던 존 앵거스타인(John Julius Angerstein)이 보유하고 있던 회화 작품 38점을 영국 정부가 사들였고, 그것을 계기로 내셔널 갤러리가 탄생했다고 한다.

1838년에 현재의 건물로 이사한 후 초기 르네상스 이탈리아 회화 위주로 작품을 수집했고, 이후에는 레오나르도 다빈치, 미켈란젤로, 렘브란트, 모네, 르노와르, 고흐 등의 작품을 소장하고 있다고 한다.

내셔널 갤러리 안으로 들어가자 그림이 정말 많았다. 그림 하나하나가 예술이었다. 명암, 붓놀림, 색채에서 작가마다 개성이 느껴졌고 아름다웠다. 그중에서도 유난히 마음에 드는 그림이 있으면 한참을 서서 봤다. 그 그림에서 풍기는 분위기, 색감 등이 굉장히 아름다웠고 마음을 울렸다. 작품들을 더 감상하고 싶었지만 집합 시간이 얼마 남지 않았기에 아쉬운 마음을 뒤로 하고 발걸음을 옮겼다. 밖으로 나왔을 때 갤러리 바로 앞에 있는 트래펄가 광장을 보고 가슴이 두근두근 했다.

사실 갤러리에 들어가기 전에 광장이 무척이나 아름다워서 계속해서 감탄을 했었다. 광장은 내가 항상 상상하던 장면 그대로였다. 시원한 물이 뿜어져 나오는 예쁜 분수, 분장을 하고 공연을 하거나 바닥에 그림을 그리거나, 춤을 추며 각자 퍼포먼스를 보이는 사람들과 광장에 가득 차 있는 많은 사람들, 트래펄가 광장에는 50미터 높이의 넬슨 제독 탑이 우뚝 서 있고, 에메랄드 빛 물이 튀는 커다란 분수 그리고 파란색 닭 동상이 있었다.

아주 많은 사람들이 햇빛을 받으며 여유롭게 그림을 그리거나 이야기를 하는 모습을 보고 있으니 마음이 아주 편안해졌다. 이 광장은 우리 가수들이 영국 공연이 취소되어 런던 청년들이 공연을 열 것을 외치던 장소로도 유명하다. 트래펄가 광장의 모습은 내 기억 속에 아주 오랫동안 남아 있을 것이다.

세 번째로 본 것은 웨스트민스터 사원이었다. 웨스트민스터 사원은 아주 유명한 사람들과 왕족들이 많이 묻혀 있는 곳이다. 거기서 금색 우체통을 보았는데 항상 빨간 우체통만 보다가 금색으로 된 우체통을 보니 신기했다. 이 사원은 아주 오랫동안 시간을 들여 건축되었다고 한다. 영국의 큰 행사들은 모두 이곳에서 이루어진다고 하니 영국인들에게는 아주 의미 있는 곳이라고 생각한다. 무덤이기도 하고 행사장이기도 한 웨스트민스터 사원은 런던의 대표적인 건축물이다.

다음으로 그 유명한 빅벤을 보았다. 사진이나 영화에서만 접하던 빅벤을 실제로 보니 더 아름다웠다. 빅벤을 보고 있으니 머릿속에서 "피터팬"의 한 장면이 계속 생각났다. 피터팬과 아이들이 네버랜드로 날아가기 전에 빅벤의 시계바늘 위에 서는 장면이다.

영국의 국회의사당에 대해서는 생각해 본 적이 없었는데 빅벤의 옆에 있는 것을 보았을 때 신기했다. 건물이 기다랗고 빅벤과 비슷한 색이었기 때문이다. 영국에 와서 중간중간 길을 걸었을 때 내가 영국에 왔다는 사실을 다시 한 번 더 느끼게 해 준 것은 화보에서만 보던 하얀색 건물을 배경으로 빨간색 2층 버스가 지나다니는 장면이었다. 또 길에 있는 우체통과 공중전화 박스도 영국 느낌을 물씬 풍겨 주었다.

저녁을 먹고 드디어 호텔에 들어왔다. 비행기에서 자다가 침대에 누우니 푹신푹신하고 편해서 저절로 미소가 지어졌다. 숙소에 오니 마음이 편해져 군것질도 하고 텔레비전을 좀 보다가 잠이 들었다.

본격적인 영국 탐사 ^{8월 5일}

오늘은 영국에서의 둘째 날이다. 아침 식사는 호텔에서 버섯, 스크램블 에그, 소시지, 해시브라운 포테이토 그리고 베이크드 빈스를 먹었다. 아침 일찍 일어나 제일 먼저 타워브리지를 보았다.

영국의 대표이자 내가 항상 보고 싶었던 명물들을 연속으로 보니 기쁨을 이루다 말할 수 없었다. 아주 가까이에서 본 것은 아니어서 약간은 아쉬웠지만 그래도 타워브리지를 보았다는 사실만으로도 행복했다.

다음으로 영국의 여왕님이 계시는 버킹엄 궁전에 갔다. 궁전 옥상에 여왕기가 걸려 있다면 여왕이 성 안에 있다는 표시라고 한다. 하지만 우리가 갔을 때는 영국 국기만 걸려 있었으므로 여왕님이 계시지 않았다는 것을 알 수 있었다. 버킹엄 궁전 앞에는 세인트 제임스 궁전이 있는데 예쁜 꽃이 아주 많이 펴 있었다. 초록빛 잔디와 여러 가지 색의 꽃들, 궁전 앞의 승리의 여신 '니케' 상과 버킹엄 궁전의 조화가 정말 아름다웠다.

근위병들의 교대식을 보면서 빨간 옷에 큰 검정색 털모자를 쓴 근위병들이 행진하는 것을 보니 신기했다. 교대식은 예정 시간보다 약간 늦게 시작했다. 교대식이 시작되기 한참 전부터 집합 장소로 가기 쉽게 미리 위치를 옮기고 있었는데 경찰들이 교대식을 위해 광장을 가로질러 가지 못하도록 바리케이드를 쳐 버렸다.

집합 시간은 다 되어 가고 경찰들 때문에 길을 가로질러 가지는 못하고 굉장히 난처한 상황에 빠졌다. 민정이와 현진이를 데리고 길을 건너가야 되는데 그러지 못하니 굉장히 초조해졌다. 발을 동동 구르다가 교대병들이 지나가고 잠시 길이 비었을 때 사람들 사이를 헤치고 조금 떨어져 있는 경찰에게 지금 꼭 길을 건너가야 하는데 그럴 수 없느냐고 물었는데 경찰은 교대식이 끝날 때까지는 안 된다고 단호하게 말했다.

어쩔 수 없이 돌아와 다른 쪽을 뚫고 가 봤는데 상황은 마찬가지였다. 옆에 계신 한 영국인 아주머니께 지금 길을 건너가야 하는데 어떻게 해야 할지 모르겠다고 혹시 도와주실 수 있는지 여쭤 보았다. 내가 굉장히 난처해 하며 상황을 설명하자 아주머니와 그 일행 분들이 약간 떨어진 앞에 서 있던 경찰을 부르는 것을 도와주셨고 내가 상황을 설명할 때 옆에서 거들어 주시며 많이 도와주셨다. 하지만 그 경찰관은 굉장히 단호하게 교대식이 끝날 때까지는 절대 건너갈 수 없다고 했다. 할 수 없이 도와주신 분들께 굉장히 감사드린다고 말을 하고 돌아 나왔다.

시간을 보니 이미 집합 시간이 거의 다 되었다. 중간중간 뛰어서 길을 건너가는 사람들을 보았지만 위험하기도 하고 질서를 지켜야 한다는 생각 때문에 건널까 하다가 몇 번이나 마음을 고쳐먹었다. 하지만 이미 약속 시간은 다 되었고 경찰관은 보내 주질 않고 동생들은 울먹거리기 시작하니 방법이 없었다. 잘못한 일인걸 알지만 동생들과 길을 뛰어 건너갔다. 급하게 뛰어서 집합 장소까지 갔는데 이미 5분이나 늦어 버렸다. 선생님께 죄송하다고 말씀드리고 차에 올랐는데 아직 안 온 사람이 2명 있다는 이야기를 들었다. 잠시 뒤 한 남자아이가 도착해 차에 올랐고 그리고 조금 더 시간이 지난 뒤 민혁이가 차에 올랐다. 버킹엄 궁전에서 본 것들을 굉장히 아름다웠지만 마지막에 집합 시간은 다 되었는데 길을 건너지 못해 초조했던 그 기억은 끔찍했다.

그 기억은 시간이 흘러도 절대 잊지 못할 것 같다. 버킹엄 궁전에서 나온 뒤 잠시 기념품 가게에 들렀다. 나는 홍차를 사려 했는데 종류가 많아 직원께 추천해 달라고 했고 추천받은 홍차를 사 왔다. 버킹엄 궁전에서의 두근거리는 마음을 다잡고 영국에서의 마지막 일정인 대영 박물관에 갔다. 대영 박물관 건물을 보자 굉장히 멋지다는 생각을 했다. 내가 신전 모양의 건물을 굉장히 멋있다고 생각하고 좋아하는 것은 박물관 건물의 모습이 신전이었기 때문이다.

박물관 안으로 들어가서 미라를 보았다. 실제로 미라를 보니 신기함도 있었지만 솔직하게 말하면 두려움도 없지 않아 있었다. 미라를 보면서 약간 으스스하다는 생각도 했지만 미라를 만드는 방법, 주변 장신구들을 주의 깊게 보았다. 미라의 비중이 컸지만 안쪽으로 들어가니 미라 이외의 것들도 있었다. 그중에서도 눈에 띈 것은 한국의 문화재관이었다. 외국에서 한국의 도자기를 보게 될 줄은 몰라서 깜짝 놀랐다.

영국에 있으면서 영국이라는 나라는 꼭 다시 한 번 더 오고 싶은 나라라는 생각을 했다. 영국의 건물들은 웅장하고 고풍스러우며 아름다웠다. 또 나무들이 오랫동안 자랐는지 아주 컸다. 그리고 패션 감각이 뛰어나고 잘생기고 예쁜 사람들이 많았다. 길에 있는 사람들을 보면 가만히 있는데도 꼭 모델들을 보는 느낌이었다. 나중에 꼭 영국에 다시 오겠다고 깊게 다짐을 하며 프랑스의 파리로 향했다.

세계 초고속 열차인 유로스타(EUROSTAR)를 타기 위해 런던의 세인트 판크라스 역(St. Pancras railway station)으로 향했다. 유로스타를 타고 도버 해협을 횡단해 프랑스의 파리에 도착했다.

역에서 나왔을 때 나는 살짝 놀랐다. 영국은 웅장함이라고 표현한다면 프랑스는 예술적으로 유명하니 프랑스가 굉장히 예술적이고 깨끗할 줄 알았는데 그렇지 않았기 때문이다. 그 전에 있었던 영국과 차이점을 말하자면 이렇다. 영국은 부채질을 하면 굉장히 시원했는데 프랑스는 그렇지 않고 영국보다 약간 더웠다. 운전석이 우리나라와 같이 왼쪽에 있다.(영국은 오른쪽) 역에서 나왔을 때 묘한 향기와 그리 깨끗하지 않은 건물과 길거리, 기대한 것과는 다른 프랑스의 모습에 약간의 의아함을 가지고 버스에 올랐다. 버스에 타고 도로를 달려 쭉쭉 위로 향한 길을 올라가자 우리의 호텔이 보였다. 방에 짐을 두고 밤에 아빠와 맥주를 마시러 호텔 1층의 바에 내려왔다. 각 나라들을 다니면서 그 나라들의 맥주를 꼭 마셔 보겠다고 다짐했기 때문이다.

바에서 아빠와 내 맥주를 시켰는데 그 맥주가 지금은 없는데다가 맛도 별로 없기 때문에 비추천한다고 했다. 그래서 바텐더와 바에 앉아 계시던 한 아저씨께 뭐가 맛있는지 추천을 해 달라고 했더니 한 맥주를 추천해 주었다. 그래서 그 맥주를 두 잔 시켜 아빠와 마셨는데 굉장히 맛있었다. 다른 맥주도 마시고 싶어서 무작정 쓰여 있는 이름을 말하며 이것도 맥주냐고 물어봤더니 아저씨들이 웃으면서 물이라고 말씀해 주셨다. 아빠와 같이 여행 와서 좋다는 이런저런 이야기를 하며 전에 시킨 맥주를 한 잔 더 시키고 또 다른 맥주도 한 잔 더 시켰다. 그렇게 프랑스에 와서 맥주도 마시고 바에서 아저씨들과 대화도 나누며 즐거운 저녁 시간을 보냈다.

영국

신사의 나라.
멋쟁이의 나라.
웅장함의 나라.

매너에 한번 놀라고,
뛰어난 패션 감각에 두 번 놀라고,
커다란 건물과 나무에 세 번 놀라고,

영국은 이런 나라다.

여기는 프랑스 ^{8월 6일}

프랑스에서의 아침이 밝았다. 프랑스에서 가장 먼저 간 곳은 나폴레옹의 개선문이다. 이 개선문은 나폴레옹 1세가 군대의 승리를 기념하기 위해 1806년에 세운 파리의 에투알 개선문이라고 한다. 개선문에는 수많은 글씨가 쓰여 있는데 그 글씨는 나폴레옹이 점령한 나라들의 이름이다.

우리가 보통 알고 있는 키가 작은 나폴레옹은 나폴레옹 1세이고, 나폴레옹 3세는 그의 조카이다. 나폴레옹 1세가 짓기 시작해 나폴레옹 3세가 완성한 개선문에는 독수리가 조각되어 있었다. 그 독수리는 나폴레옹 1세와 3세를 구분하기 위해 있는 것으로써 독수리가 오른쪽으로 얼굴을 돌리면 나폴레옹 1세를, 왼쪽으로 얼굴을 돌리면 나폴레옹 3세를 말하는 것이라고 가이드 선생님께서 말씀해 주셨다. 독수리가 얼굴을 돌린 방향으로 1세와 3세를 구분해서 상징한다는 것이 똑똑하고 멋있다는 생각이 들었다. 개선문에는 주위에 꽃이 놓여 있고 꺼지지 않는 불꽃이 있다. 그 불꽃은 전쟁에서 죽은 사람들을 기리기 위한 것이라고 한다.

개선문 주위로 12개의 길이 있는데 나폴레옹이 12개의 나라를 정복했기 때문에 길이 12개라고 한다. 그리고 그 거리가 바로 유명한 '샹젤리제 거리'이다. 개선문을 찬찬히 들여다봤을 때 조각된 부분이 무척이나 멋있었다. 어떻게 그렇게 섬세하고 자연스럽고 아름답게 조각을 할 수 있었는지 존경스러울 따름이었다.

개선문을 보고 샹젤리제 거리를 보기 위해 지하도를 따라갔는데 그만 길을 잃어버렸다. 한참을 헤매다가 아무 지하도로 나와 버렸더니 어디로 돌아가야 할지도 모르겠고 굉장히 헷갈렸다. 빙글빙글 돌다가 샹젤리제 거리는 제대로 구경도 하지 못하고 앞부분까지만 가서 보고 힘들게 다시 약속 장소로 모였다. 거리를 제대로 구경하지 못해서 굉장히 아쉬웠다. 날씨가 맑았어도 멋있었겠지만 우리가 갔을 때는 비가 왔기 때문에 거리가 나름 운치가 있었다.

가이드 선생님의 지도에 따라 일정에 없었던 곳인 '샤이오 궁전'에 갔다. 샤이오 궁전은 사진 속에서 에펠탑이 가장 예쁘게 나오는 곳이라고 하셨다. 샤이오 궁전에서 에펠탑을 바라보았을 때 굉장히 낯익은 풍경이 펼

처졌다. 에펠탑 관련된 화보는 꼭 이 각도에서 찍힌 것을 많이 볼 수 있었는데 그게 샤이오 궁전에서 찍었다는 것을 알고 신기했다. 여전히 비가 내리고 있었기 때문에 운치도 있었지만 샤이오 궁전에서 바라보는 에펠탑의 모습은 날씨가 맑았으면 색다른 느낌으로 멋지지 않았을까 하는 생각이 들었다.

푸른 하늘에 노을이 내리고 어둠 속에서 빛나는 별과 함께 빛나는 에펠탑의 모습이 정말 궁금하다. 다음번에 파리에 또 오게 된다면 그때는 다른 배경을 한 색다른 모습의 에펠탑을 볼 수 있기를 희망한다. 한창 에펠탑을 배경으로 해서 사진을 찍고 있는데 선생님께서 사진이 가장 잘 나온 팀은 이탈리아에서 본젤라또를 사 주신다고 하셨기에 모두 최고의 사진을 찍기 위해 온몸을 내던졌다. 과연 젤라또를 먹는 건 어느 조일까?

샤이오 궁전 다음에 점심 식사를 하러 갔다. 오늘의 점심 식사 메뉴는 바로 그 유명한 프랑스의 대표 요리, 에스카르고였다. 좁은 식당에 다닥다닥 붙어 앉고 에스카르고가 나오길 기다렸다. 음식이 나오길 잠시 기다리는 동안 우리나라와 유럽의 식문화에 대해 생각해 보았다. 우리나라는 밥, 국, 반찬 등 음식을 한상에 넓게 퍼놓고 먹기 때문에 상이 크다. 하지만 유럽은 에피타이서, 메인 디쉬, 디저트 순으로 먹기 때문에 상이 작다.

이런 생각들을 하고 있는데 한국말을 잘하시는 프랑스인 웨이터 아저씨가 양손 가득 에스카르고 접시를 들고 서빙하셨다. 한 접시에 달팽이 6마리가 얕은 홈에 담겨 있었고 에스카르고를 먹을 때 쓰는 특별한 집게와 포크를 받았다. 먹기 전에 달팽이를 먹어 본 적도 없고 징그럽다는 생각이 들었다. 또 평소 비 오는 날 화단에서 보는 그런 달팽이들이 생각나고 달팽이들의 점액질과 끈적거릴 것이라는 생각때문에 입에 넣기 더 힘들었다. 하지만 프랑스의 대표 요리를 프랑스에서 먹는 것은 좋은 경험이라고 생각했기 때문에 입에 넣었다. 처음 먹는 것이고 선입견 때문에 먹기 힘들었지만 프랑스의 대표 요리를 먹었다는 사실에 기분은 좋았다.

달팽이집을 집게로 잡고 포크로 찍어 돌려 꺼내 먹은 달팽이 요리는 좋게 말하면 쫄깃하고, 나쁘게 말하면 질겼다. 왜 끈적거리지 않는지 생각해 보니 예전에 어떤 만화에서 에스카르고를 만들기 전에 점액질 제거를 위해 달팽이를 24시간 동안 굶긴다고 한 말이 생각났다.

좋은 경험이라고 생각하고 6개 다 먹으려고 했지만 1마리는 너무 깊숙이 들어가 있어서 결국 먹지 못했다. 처음 먹는 음식이 입에 맞지 않더라도 다음번에 먹을 때는 아주 맛있게 먹기를 희망한다. 에스카르고를 먹고 으깬 감자와 고기 요리가 나왔고 후식으로는 아이스크림과 에스프레소를 먹었다.

특별한 점심 식사 후 몽마르트에 갔다. 몽마르트에서 내려다보는 파리의 경치는 무척 아름다웠다. 대부분의 사람들이 '몽마르트 언덕'이라고 말하는데 그건 잘못된 표현이라고 가이드 선생님께서 말씀해 주셨다. 몽마르트의 '몽'이라는 단어가 '언덕'이라는 뜻이기 때문에 '몽마르트'라고 말하는 것이 맞는 표현이라고 하셨다. 몽마르트에서 파리의 도시를 배경으로 많은 사진을 찍고 더 위에 있는 예수성심 성당에 올라가 보았다. 사실 가위바위 보에서 졌기 때문에 올라갔는데 올라가길 잘 했다는 생각이 들었다.

특별한 건 없었지만 그래도 여기까지 왔는데 보지 않고 갈 순 없으니 말이다. 다음으로는 정말 화려하고 누구나 들어봤을 궁전인 베르사유 궁전에 갔다. 한참을 서서 기다렸는데 비까지 주룩주룩 내려서 추웠다. 신기한 점은 비가 그치고 해가 뜨자 신발과 젖은 옷들이 잠깐 사이에 마른 것이다. 한국에서는 경험할 수 없었던 일이어서 신기했다. 기다리고 또 기다린 후 마침내 궁전에 들어갈 수 있었다.

베르사유 궁전은 두 단어로만 나타내라면 '아름다움'과 '화려함'이라고 할 수 있다. 가는 곳마다 황금으로 화려하게 치장되어 있었고 온통 눈이 부셨다. 한마디로 화려함의 끝을 보여 주는 곳이었다. 너무나도 아름다운 그림들이 벽, 천장에 그려져 있었고 커다란 창문과 커튼, 그 밖으로 보이는 정원, 신데렐라 같은 만화 영화 속에 있는 느낌이었다. 그중에서도 가장 화려했던 파티장의 그림, 샹들리에와 창문 밖의 아름다운 정원을 보면서 나도 이런 곳에서 살아 보고 싶다는 생각을 했다.

그림과 장식품들을 보며 인간은 정말 대단하다는 생각이 들었다. 그림 하나하나가 살아 있는 듯 했고 천장에 걸린 샹들리에 하나만 봐도 어쩜 저렇게 화려할 수 있을까라는 생각이 들었다. 궁전의 모든 것들에서 느낀 황홀감을 가지고 우리는 에펠탑을 향했다.

드디어 내가 에펠탑에 왔다. 내 눈앞에 실제로 에펠탑이 있고 에펠탑이 서 있는 땅을 밟고 있다는 사실에 가슴이 벅차올랐다. 에펠탑을 가까이에서 봤을 때 화려하지도 눈에 띄는 색도 아닌데 왜 그렇게 아름다워 보였는지 모르겠다. 정신없이 에펠탑 사진을 찍고 있는데 에펠탑 위로 올라갈 때가 되었다. 나는 에펠탑에 올라갈 수 있다는 사실은 몰랐다. 그저 보기만

하는 줄 알았다. 그래서 한 번도 에펠탑에서 바라보는 경치는 어떨지 생각해 본 적이 없었다. 사람이 너무 많아서 편하지는 않았지만 그런 건 상관없었다.

에펠탑 위에서 내려다보는 경치, 얼굴 위로 쏟아지는 노을과 약간 쌀쌀하지만 기분 좋은 바람 덕분에 행복했고 내가 프랑스에 있다는 사실을 새삼 다시 한 번 더 느꼈고 감사했다.

저녁에는 센 강에서 유람선을 타고 수많은 다리 밑을 지나며 야경을 감상했다. 양쪽으로 건물들이 황홀한 빛을 뿜고 그 빛은 일렁이는 강물 속에 젖어 들어가고 에펠탑은 찬란한 황금빛 드레스를 입고 있었다. 나는 에펠탑이 밤에는 황금빛으로 빛나는 사실을 몰랐다. 그래서 아름답다는 생각을 더 한 것 같다.

캄캄한 밤이 될수록 야경은 더욱 아름다워졌고 마침내 10시가 되었을 때 하이라이트인 에펠탑이 반짝거리기 시작했다. 온몸이 황금빛인 에펠탑이 두 줄기 빛을 밤하늘에 쏘는 장관만으로도 큰 감동이었는데 눈이 부실 정도로 화려하게 온몸이 반짝반짝 빛나는 모습을 보자 그 모습에 취해 버렸다. 눈을 뗄 수 없을 만큼 아름다웠다. 처음 에펠탑을 봤을 때의 놀라움과 에펠탑에 올라갔을 때의 신기함과 에펠탑 야경을 봤을 때의 감동은 잊을 수가 없다.

나의 사랑 모나리자 8월 7일

프랑스에서 아침을 맞이하고 루브르 박물관에 갈 준비를 했다. 루브르 박물관은 그 유명한 레오나르도 다빈치의 "모나리자"가 전시되어 있는 곳이다. 내가 그 유명한 모나리자를 보러 간다는 생각에 기분이 묘했다. 루브르 박물관에 도착하고 나니 사람이 너무 많았기 때문에 선생님을 놓칠까 봐 긴장을 늦출 수 없었다. 루브르 박물관 안에서 그림 하나하나를 볼 때마다 소름이 돋았다. 책에서 보던 그림, 처음 보는 그림과 아름다운 조각상들, 말을 잇지 못하고 저절로 입이 벌어지게 하는 예술품들이었다.

가장 인상 깊었던 예술품들은 나폴레옹의 대관식, 프랑스 혁명, 니케의 조각상과 비너스 조각상이었다. 각 그림에 대한 이야기를 들을수록 그림이 더 새로워 보였고 놀라움의 연속이었다. 모나리자를 볼 때 사람들이 너무 많았고 계속 뒤에서 밀어 제대로 볼 수 없었기 때문에 굉장히 아쉬웠다. 모나리자를 보고 싶어 하는 마음은 잘 알지만 그래도 사람을 그렇게 미는 행동은 잘못된 것이라고 생각한다. 하지만 사람들은 그림을 보기 위해서 자꾸 밀어 대었고 나는 몇 번이나 넘어질 뻔하며 제대로 서 있기가 힘들었다.

모나리자를 제대로 보지도 못하고 사람들이 계속해서 밀어 대었기 때문에 그림을 보기는커녕 잠시 서 있지도 못하고 밀려나기만 해서 화가 났다. 그렇다고 나도 막 밀기는 좀 그렇고. 어쨌든 그런 작품을 볼 때는 사람들이 욕심 부리지 말고 좀 더 질서를 지켰으면 좋겠다. 여러 가지 알게 된 사실 중 하나는 승리의 여신인 '니케'는 영어로 말하면 '나이키'라는 것이었다. 주위에서 쉽게 볼 수 있는 메이커의 이름이 승리의 여신의 이름이라는 것을 알자 놀라웠다.

루브르 박물관에서 큰 감동을 받고 점심 식사 뒤 파리대학교에 갔다. 유럽의 대학교는 어떤지 무척 궁금했는데 아쉽게도 방학 기간이라 학교 안을 볼 수 없었다. 나중에 다시 프랑스에 올 기회가 된다면 꼭 안에 들어가 볼 수 있었으면 좋겠다.

파리대학교 다음으로 프랑스의 유명한 위인들이 묻혀 있는 '판테온'이라는 곳에 갔다. 판테온 안에서 여러 위인들이 있는 관과 쓰여 있는 업적을 보며 나도 훌륭한 사람이 되고 싶다는 생각을 했다.

마지막 일정으로 콩코르드 광장에서 잠시 자유시간을 가졌다. 광장 옆에 있는 튈릴리 공원과 놀이기구들이 있었는데 나는 공원을 걷고 싶었다. 하지만 막내와 다른 아이가 놀이기구를 타고 싶어 했기 때문에 기다려 주다가 결국 공원은 걸어 보지 못했다. 나는 정말 아쉬웠다. 그래도 동생들이 타고 싶어 하니 기다려 주었는데 둘은 고민만 하다가 결국 타지 않았고 집합 시간이 되어 나는 공원을 둘러보지도 못했다.

아무것도 하지 못하고 시간만 보내 버렸기 때문에 굉장히 아까웠다. 차를 타러 가면서 넓은 광장에 잔잔하게 물이 흐르는 호수를 보자 마음이 평온해졌다. 프랑스에서의 일정이 끝나고 고속 열차 '테제베'를 타고 스위스로 향했다. 스위스에 대해서는 많이 알지 못했기 때문에 어떤 나라일지 궁금하고 기대되었다. 프랑스의 첫인상은 기대했던 것과 달라서 좀 의아했는데 시간이 지날수록 프랑스의 매력에 빠지게 되었다.

도착한 날은 영국보다 덥고 건물도 깨끗하지 않다고 생각하는 등 긍정적인 생각보다는 부정적인 생각들이 많이 들었는데 다음날 버스로 이동하면서 보니 건물이 예쁘고 멋지다는 생각이 들었다. 영국에서 큰 인상을 받아서 그런지 영국에 비해 덜 멋있어 보이는 것 같았지만 그래도 멋있고 예쁘다는 생각이 계속 들었다. 그리고 또 시간이 흐르자 생각이 많이 바뀌었다.

프랑스도 아름답다는 생각이 들었고 특히 프랑스의 밤은 굉장히 아름답다는 느낌을 받았다. 자꾸만 영국과 비교해서 프랑스에게 미안했다. 프랑스는 아름답고 예술이 흘러넘치는 나라였다. 또 프랑스에 있으면서 이야기를 들을수록 선진국은 선진국일 수밖에 없는 이유가 있다는 것을 느꼈다.

복지, 교육, 국민들의 의식 등에 대해 들으며 선진국은 쉽게 되는 것이 아니라는 생각이 들었다. 프랑스에서의 모든 일정이 끝나고 우리는 테제베를 타고 스위스를 향했다. 창밖의 아름다운 경치를 보고 날이 어두워져서 스위스 제네바에 도착했다.

그곳에서 새로운 가이드를 만나고 우리가 탄 버스는 다시 호텔로 향했는데 프랑스 영토로 다시 들어가는 것이었다. 이유는 그 부근에는 숙소가 마땅히 없고 아주 비싸기 때문이라고 선생님께서 말씀하셨다. 프랑스에서 스위스로 갔다가 다시 프랑스로 오니 신기해서 웃음이 나왔다. 내일은 일어나자마자 다시 스위스로 넘어갈 것이니 그러면 나는 프랑스와 스위스에 2번이나 갔다 온 건가? 하는 생각이 들었다. 프랑스를 떠난 지 얼마 되지 않아 다시 프랑스로 돌아와 프랑스 영토에서 잠을 청했다.

하이디의 스위스 8월 8일

　　　　　　　　스위스의 아침은 나무가 가득해서 아주 상쾌했다. 이른 시간이라 사람이 별로 없었고, 싱그러운 나무들이 가득한 길을 따라 나왔다. 버스를 타고 밖을 보니 기다란 버스도 많고 전차가 다니는 모습이 보였다. 스위스의 첫인상은 아주 깨끗하고 좋은 환경을 갖고 있었기에 쾌적하다는 느낌이었다. 그리고 운전석이 우리나라와 같이 왼쪽에 있었다.

스위스에서의 첫 일정은 UN본부였다. UN은 세계의 모든 문제를 평화롭게 해결해 주고 모든 사람들이 평화롭게 살아가기 위한 단체이다. 분쟁 지역이 있으면 협상을 통해 해결하고, 가난한 나라에게는 식량 지원으로 배고픔을 해결하게 하고, 질병으로 고통 받는 나라에는 질병을 치료하는 도움을 주며, 잘못된 제도를 가진 나라에는 제도를 고치게 해 모든 사람들이 평화롭고 행복하게 살 수 있도록 도와주는 단체이다.

지구상의 모든 나라와 민족들의 아픔을 달래 주는 기관인 UN에 그것도 본부에 내가 간다는 사실을 믿을 수 없었다. 그런 엄청난 기관의 사무총장이 우리나라 사람인 '반기문' 총장이라는 사실에 같은 대한민국 사람으로서 자부심이 들었다.

스위스 일정에 UN이 들어 있는 것을 나는 몰랐다. 본부 앞에 도착하니 건물 앞에 세계 나라들의 국기가 걸려 있었다. UN 본부 앞에는 다리가 하나 부러진 아주 커다란 의자가 하나 놓여 있는데 장애인을 뜻한다고 했다.

의미는 장애인들도 평등하게 살 수 있어야 한다는 것이라고 한다. 말로 듣고 써 놓는 것보다 우리와 약간 다른 사람들에 대한 배려와 희생을 다리가 하나 부러진 의자 같은 상징물로 나타내는 것이 더 낫다고 생각했다.

다음으로 간 곳은 엄청난 높이까지 물이 올라가는 레만 호수였다. 레만 호수는 가장 깊은 곳의 깊이가 350미터라고 한다. 거의 바다만큼 깊은 레만 호수를 사이에 두고 프랑스와 스위스를 오갈 수 있다고 한다.

엄청나게 높은 하늘까지 치솟는 분수를 처음 봐서 아주 인상 깊었다. 놀라운 기세로 하늘을 뚫고 올라가는 물을 보며 구름 위에까지 갈 수 있을 것 같다는 생각이 들었다. 호수를 구경한 뒤 가까이에 있는 면세점에서 시계를 샀다. 거의 시계만 파는 면세점이라 간판에는 고급 시계 브랜드인 로렉스(Rolex)가 적혀 있었다. 시계의 나라 스위스에서 산 손목시계가 아주 특별하게 느껴졌다. 한국에서도 어렵지 않게 살 수 있는 브랜드인 스와치의 하얀색 손목시계를 샀다.

유럽 여행을 가기 전 엄마가 스위스에서는 손목시계를 사고 이탈리아에서는 지갑을 사 주시겠다고 하셨다. 그 나라에서 유명한 물건을 하나 사가는 것도 특별한 기념이기 때문이다. 가족 모두 하나씩 시계를 샀는데 엄마는 쓸 일이 없다고 하시면서 사지 않으셨다. 나중에 커서 스위스에 다시 오게 된다면 엄마께 꼭 선물로 시계를 사드리겠다고 다짐했다. 꼭 스위스 시계가 아니어도 좋은 시계를 선물로 드릴 것이다. 면세점에 머물러 있는 시간이 굉장히 적었기 때문에 다들 시계를 고르고 계산하느라 정신이 없었다. 서로 시계를 들고 다니며 부딪치고 이게 낫냐, 저게 낫냐 말이 오가고 시끌시끌했다.

우리 가족은 잠시 고민하고 얼른 시계를 고른 뒤 한 직원에게서 계산을 했다. 아빠는 손목에 맞춰 시계를 줄이고 우리는 증명서와 함께 케이스에 넣은 시계를 받았다. 먼저 계산한 사람들은 기념품을 받았다고 해서 우리도 받을 기념품이 무엇일지 궁금했다.

시간은 빨리 지나가는데 직원은 굉장히 여유롭게 포장을 해서 초조했지만 여긴 한국이 아니니 가만히 지켜볼 수밖에 없었다. 너무 서두르지 않고 이렇게 느긋하게 하는 것도 나쁘지 않았다. 단지 시간이 부족했기 때문에 불안했지만 다들 물건을 산 뒤 잠시 면세점 앞에 서 있었다. 그때 받은 기념품을 열어 보았는데 작은 티스푼이었다.

해외에 나와서 영어를 할 수 있었기 때문에 편리하다고 생각했는데 스위스에서 한 번 더 크게 느꼈다. 사람은 많고 가이드 선생님은 한 분이시니 다들 가이드 선생님을 찾느라 선생님께서 무척 바쁘셨는데 우리는 얼른 계산을 할 수 있었다. 거기 계신 직원 분과 영어로 대화가 가능하자 우리는 금방 계산을 할 수 있었다. 다시 한 번 더 엄마가 나를 어렸을 때부터 영어 교육을 시켜 주셔서 감사했다. 스위스에서 뿐만이 아니라 이 나라 저 나라를 다니며 영어를 조금씩 사용할 수 있어 굉장히 편했다. 호텔이나 음식을 먹을 때 웨이터에게 부탁할 때 물건을 살 때와 같은 가이드 선생님이 안 계실 때 등이다.

면세점에서 나온 뒤 스위스에서의 가장 큰 일정인 알프스 몽블란 산 입구에 갔다. 알프스 산 아래에서 점심으로 기름에 튀겨 소고기, 닭고기, 샐러드, 감자와 감자튀김을 먹었다. 아쉬웠던 점은 나는 화이트 와인 약간에 치즈를 녹여 빵, 새우 등을 찍어 먹는 진짜 퐁듀가 먹고 싶었는데 가이드 선생님이 입맛에 맞지 않을 수도 있다고 해서 먹지 못한 점이다. 스위스에 왔으니 진짜 퐁듀가 먹어 보고 싶었는 데 아쉬웠다.

다음에 스위스에 올 기회가 된다면 꼭 쭉쭉 늘어나는 치즈에 빵을 찍어 먹어 봐야지. 케이블카를 타기 위해 번호표와 티켓을 받고 줄을 서 있었다. 줄을 서 있는 동안 같이 온 애들과 이런저런 이야기를 하며 시간을 보내니 시간이 금방 갔다.

드디어 케이블카를 타고 알프스의 몽블랑 산을 올라가기 시작했다. 중간에 한번 갈아타고 갔는데 올라가면 올라갈수록 아름다웠다. 우리는 알프스 산맥의 몽블랑 산 중에서도 가장 높고 아름답다는 애귀디미디봉에 올라갔다. 점점 올라갈수록 차가운 공기가 느껴지고 내렸을 때는 시간이 지날수록 약간의 어지러움과 몸에서 힘이 약간 빠지는 듯한 느낌을 받았다. 산에 가기 전부터 선생님이 우리가 케이블카를 타고 갑자기 올라가기 때문에 몸이 적응되지 않아 어지럽거나 힘이 빠지는 느낌을 받을 수 있으니 설탕이나 초콜릿 같은 단것들을 챙겨 가라고 하셨다.

산에 올라갔을 때 처음에는 별 느낌이 없어서 괜찮은 줄 알았는데 얼마 지나지 않아 몸에 힘이 평소처럼 들어가지 않는 것을 느꼈다. 구름과 안개가 내 위와 옆과 아래에 있고 파란 하늘과 절벽을 보면서 내가 스위스에 있다는 것을 다시 한 번 더 느끼게 되었다. 오늘 본 풍경은 가슴속에 영원히 남아 있을 것이다. 시간이 흘러 언젠가 다시 온다면 그땐 또 다른 느낌을 받을 수 있지 않을까 하는 생각이 든다.

스위스에서 짧은 시간을 보내고 버스를 타고 이탈리아의 밀라노로 향했다. 밀라노에는 밤에 도착했는데 그리 어둡지 않았다. 어두운 저녁 같은 느낌? 이탈리아는 유럽에 와서 갔던 나라 중에 가장 더웠다. 이탈리아도 나무가 굉장히 많고 길이 깨끗했다. 또 빨간 지붕집이 옹기종기 모여 있었다. 예쁜 공책 표지에서 보던 모습이었다.

이탈리아 밀라노에 가자마자 저녁으로 피자, 닭 튀김 요리, 샐러드를 먹었다. 처음에 먹은 것은 피자였는데 피자는 얇은 도우 반죽에 소스가 있고 위에 치즈가 있는 단순한 것이었다. 이탈리아에 직접 가서 피자를 먹고 싶다는 소망을 이루었다.

피자는 한 사람당 한 판씩 나왔다. 얇고 아주 크지는 않았기 때문에 다 먹을 수도 있겠다는 생각을 했다. 좀 짜고 고소한 치즈의 맛이 어우러진 피자를 먹으면서 이것저것 이야기를 하고 있는데 닭 튀김 요리가 나왔다. 피자만 먹어도 배부를 것이라고 생각했고 피자만 먹는 줄 알았는데 또 다른 요리가 나와서 놀랐다. 닭 튀김 요리는 얇은 돈가스 같았다. 옆에 곁들여진 샐러드와 같이 먹으니 맛있었다. 이탈리아뿐만 아니라 다른 나라에서도 샐러드를 먹을 때 올리브오일을 약간을 뿌리고 발사믹 식초를 살짝 뿌려 먹었는데 정말 산뜻했다. 결국 배가 불러 피자와 튀김을 다 먹지 못했다.

저녁을 먹고 우리들은 대화를 하며 걸어서 두오모 성당까지 갔다. 밀라노에서 이병훈 가이드 선생님을 만났고 걸어서 두오모 성당으로 향했다. 시간이 늦어 하늘은 노을과 어두운 색이 섞여 있었고 구름이 흩날려 있었다. 이날 이탈리아에서 본 하늘은 지금까지 봤던 하늘 중 가장 아름다운 하늘 중 하나였다. 두오모 성당은 정말 화려하고 아름다웠다. 노을이 지는 약간 어두운 하늘을 배경으로 우뚝 서 있었고 그 아름다운 하늘과 성당의 조화는 최고였다.

스칼라 극장에 들어가니 주변이 온통 샤넬, 루이비통, 프라다 등 명품 물건을 파는 가게가 있었다. 빛이 반사되는 것이 굉장히 밝고 화려했다. 노을이 천천히 퍼지고 아름다운 건물과 거리, 길을 오가는 사람들을 보며 이탈리아의 밤거리에 또 오고 싶다는 생각을 했다. 오늘 본 이탈리아의 야경과 밤하늘은 지금까지 유럽에서 본 야경 중 가장 아름다웠다. 숙소로 와서 침대에 누우며 핸드폰으로 한국에 있는 친구들과 연락을 했다. 사진을 보내며 이것저것 얘기를 많이 했다. 잘 준비를 하고 유럽 여행 동안 가장 오래 있을 이탈리아에서 잠을 청했다.

로마를 향해 8월 9일

　　　　　　　　　이탈리아에서의 아침이 밝았다. 오늘은 그 유명한 피사의 사탑을 보러 간다고 한다. 버스를 타고 피사로 한참을 달려 도착했다. 잠시 걸어서 북적거리는 사람들 틈을 지나 잔디밭에 서자 저 앞에 무언가 하얀 건물이 보였다. 약간 기울어지고 새하얀 그 건물은 바로 피사의 사탑이었다. 싱그러운 잔디밭이 깔려 있고 파란 하늘이 위에 있고 그 사이에 기우뚱하게 서 있는 흰색의 사탑은 예뻤다. 손을 앞에 대고 얼마나 기울어졌는지도 보고 앉아서도 보며 사진을 많이 찍었다. 항상 사진으로만 보던 피사의 사탑을 실제로 보니 내 눈앞에 있는 것이 진짜 같기도 하고 사진 같기도 하고 신기했다. 탑은 생각보다 많이 기울어져 있었고 별로 크지 않았다. 또 부드러운 느낌이 들었다.

피사의 사탑을 볼 때 날씨도 아주 좋았다. 적당한 햇빛과 아주 조금 살랑거리며 부는 바람 때문에 기분도 좋고 더 아름다워 보였다. 사탑을 구경하며 이곳이 갈릴레이가 태어나고 실험을 했던 곳이라는 사실을 알고 더 세밀하게 보았다. 이곳에서 갈릴레이는 물체 낙하 실험을 해 '물체 낙하의 법칙'을 발견했고 세상에 자신의 이름을 알린 것이다. 사탑 구경을 다하고 밖으로 나오니 물건과 젤라또를 파는 사람이 많았다. 가방, 모자, 기념품 같은 물건을 구경하며 밖으로 나왔다. 민혁이가 준 아이스크림을 맛보았는데 상큼한 레몬 향이 나는 아이스크림이었다.

따끈한 햇빛 아래를 걸으며 점심을 먹으러 갔다. 점심으로 중국 음식을 먹었는데 나는 괜찮았는데 주변 사람들은 다 잘 먹지 못했다. 점심을 먹고 이제 밀라노를 벗어나 로마로 떠났다. 버스를 타고 한참을 달려서 저녁때쯤 호텔에 도착했다.

로마의 호텔 밖에서 글을 쓰는 동안 모기에 엄청 물렸다. 잠깐 있었는데도 모기가 여기저기를 물어서 너무 가려웠다. 결국 호텔로 들어와 글을 마저 썼다. 유적지도 많고 관련된 명언도 많은 로마에 와 있으니 가슴이 두근두근 거렸다. 오늘은 이동 시간이 많아서 많이 피곤하지는 않았다. 내일 은 말로만 듣던 콜로세움을 보러 간다고 한다. 실제로 보는 콜로세움은 어 떨지 생각하며 잠이 들었다.

로마의 첫날! ^{8월 10일}

　　　　　　　　　　　파스타의 나라 이탈리아에서 그것도 세계 의 중심지였던 로마에서 눈을 떴다. 간단하게 아침을 먹고 카타콤베로 향 했다. 카타콤베는 초기 기독교인들의 만남의 장소이자 지하 묘지로 사용 됐다고 한다. 나는 유럽이 기독교의 나라이니까 박해가 그리 심하지 않을 줄 알았다. 하지만 책들을 읽고 나서 그렇지 않다는 것을 알았다. 기독교 인들이 지하에서 몰래 예배를 드렸다는 내용을 읽었었는데 그 구절이 머 리에 남은 상태에서 실제로 그곳을 보니 기분이 묘했다. 현지 가이드 선생님께서 한국어로 설명이 나오는 기계를 가지고 약간의 한국어와 영어로 추가 설명을 해 주시면서 카타콤베 안을 보여 주셨다. 가이드 선생님 말씀 중 기억나는 말씀은 150명 정도의 사람들이 어느 작은 곳에서 같이 예배를 드렸다는 것과 지하 4층까지(가장 낮은 곳) 가면 그곳은 깊이가 25미터라는 말씀 이 기억에 남았다.

카타콤베는 지하라서 그런지 어둡고 밑으로 내려갈수록 추워졌다. 들어 오기 전에는 따뜻했는데 안으로 들어가고 점점 깊이 갈수록 공기가 차가웠 다. 카타콤베에서는 기독교인들이 얼마나 심한 박해를 받았었고 기독교가 이렇게 자유롭게 믿기까지는 많은 어려움이 있었다는 사실을 알게 되었다. 콘스탄티누스 황제가 즉위하기까지는 기독교인들이 많은 박해를 받았는 데 그 황제로 인해 기독교가 정식 국가의 종교로 자리 잡았다고 한다.

카타콤베를 나와 우리는 트레비 분수에 갔는데 아쉽게도 공사 중이었 다. 트레비 분수는 세 갈래 길(Trevia)이 합류한다고 해서 붙여진 이름이다. '삼거리'라는 뜻과 '처녀의 샘'이라는 뜻이 있다. 분수를 뒤로 한 채 오른손 에 동전을 들고 왼쪽 어깨 너머로 1번 던지면 로마에 다시 올 수 있고, 2번 던지면 연인과의 소원을 이루고, 3번을 던지면 힘든 소원이 이루어진다는 말이 있다고 한다. 분수를 구경하기 위해 온 사람들이 무척 많았고 그중에 동전을 던지는 사람이 대부분이었다. 나도 트레비 분수에 뒤로 돌아 동전 한 개를 던지며 소원을 빌었다. 분수에 조각되어 있는 조각상들이 정말 멋있고 섬세했고 여기에 물이 가득 차 있는 모습을 상상해 보니 공사 중인 사실이 매우 아쉬웠다.

트레비 분수 앞의 거리에서 자유 시간에 구경도 하고 본젤라또를 먹었다. 가이드 선생님이 가장 맛있는 것을 추천해 주셨고 점원이 본젤라또를 듬뿍 떠 주었다. 본젤라또를 한입 먹는 순간 지금까지 먹은 아이스크림 중에 최고라고 생각했다. 감탄이 저절로 나오고 계속해서 먹게 되었다. 가족끼리 두 개를 사서 4가지 맛을 얹어 먹었는데 달콤하고 부드러운 맛이었다. 느낌은 슬러시와 샤베트 사이이고 색깔을 보았을 때 그냥 달콤한 맛일 거라고 생각했는데 부드럽고 굉장한 청량감이 느껴졌다. 다음번에 이탈리아에 본젤라또를 먹기 위해서라도 다시 올 것 같다는 생각을 했다. 그때는 종류별로 모든 맛을 다 먹어 봐야지. 환상적인 맛의 본젤라또를 먹고 다음 일정으로 움직였다. 우리는 걸어서 콜로세움을 향해 가는데 중간에 독립기념관에 멈추어서 간단하게 구경하고 사진을 찍은 뒤 콜로세움에 갔다.

콜로세움은 생각보다 작고 책에서 본 것과 느낌도 달랐다. 그래도 예뻤고 이탈리아 로마의 대표적으로 생각나는 건물을 보아서 아주 의미가 있었다. 콜로세움 이미지는 책이나 인터넷에서 쉽게 볼 수 있는데 실제로 보니 신기했다. 항상 사진으로만 보던 콜로세움이 내 앞에 있다니 놀라웠고. 해 질 녘이나 밤에 콜로세움을 본다면 오늘 본 모습과 또 다른 느낌을 줄 것이라는 생각이 들었다.

콜로세움에서 조별과 단체 그리고 개인 사진을 찍고 우리는 점심을 먹었다. 점심을 먹고 오후 일정으로 바티칸 성당과 성 베드로 성당을 갔는데 날씨가 아주 더워서 조금 힘들었다. 많은 사람들이 아주 길게 줄을 서서 입장을 기다렸지만 우리들은 바로 들어갈 수 있게 예약을 해 놓아서 줄을 서지 않고 바로 입장할 수 있었다. 나중에 안 사실이지만 시간을 절약하기 위해서 그리고 우리들이 기다리는 것이 힘들고 지칠 것 같아서 조금 비싸더라도 돈을 더 주고 바로 들어갈 수 있는 예약을 했다고 한다. 우리는 안에 들어가 아름다운 조각상들과 그림들을 보며 계속 감탄했고 머릿속에 담느라 정신이 없었다.

성 베드로 성당에서는 마리아가 예수를 끌어안고 있는 피에타를 보았다. 바티칸 성당에서는 그 유명한 천지 창조를 보았다. 천장에 그려진 세계 최대의 벽화인 천지 창조를 보는 순간 어떻게 저런 그림을 그릴 수 있는지 상상도 가지 않았다. 예전에 심심해서 냉장고에 종이를 자석으로 고정시켜 놓고 간단하게 음식 그림을 그려 본 적이 있는데 얼마 되지 않는 그림을 그렸을 때도 목과 허리가 아팠다. 그런데 저런 명작을 '저렇게 높고 넓은 천장에 그리려면 얼마나 힘들었을까?'라는 생각이 들었다. 미켈란젤로는 정말 천재이고 그가 만들어 낸 작품들은 세상에 둘도 없는 명작이라는 사실을 절실히 느꼈다.

폼페이의 슬픔 ^{8월 11일}

        오늘은 이탈리아에 온지 벌써 3일째 되는 날이다. 가장 먼저 간 곳은 유명한 항구인 소렌토였다. 넓게 펼쳐진 바다와 그 옆의 절벽에 옹기종기 모여 있는 빨간 지붕들이 보이는 도로에서 사진을 찍었다. 탁 트인 바다를 보니 시야가 트여 상쾌한 느낌을 받았다. 바다를 배경으로 사진을 찍고 나서 작은 기념품 가게에 들렀다. 강아지와 고양이가 앞에 누워 있고 가게는 한적했다. 외국 드라마에 나오는 조용한 가게 같았다. 안에서 이것저것 물건을 구경하고 나와 버스를 타고 점심을 먹으러 갔다.

    점심으로는 해물 스파게티와 새우, 오징어 튀김과 샐러드를 먹었다. 기대했던 이탈리아 스파게티를 한입 먹었을 때 머릿속에서 가장 먼저 든 생각은 한국에서 먹었던 것과 달리 삼삼한 맛과 면에서 밀가루 향이 난다는 것이었다.

    토마토만으로^(약간의 파슬리 첨가) 맛을 내 깔끔하고 담백했다. 오징어 튀김은 튀김옷이 바삭하지 않고 오징어가 굉장히 부드러웠다. 내가 썰고 있는 것이 오징어가 맞나 싶을 정도로 부드러웠고 반대로 새우튀김은 아주 바삭바삭했다. 맛있는 식사 뒤 이야기와 책으로만 접했던 폼페이에 갔다.

폼페이는 베수비오 화산의 폭발로 인해 한순간에 폐허가 된 도시이다. 폼페이는 아주 더웠다. 폼페이는 건물들이 잿빛이었고 기둥이나 벽이 남아 있었지만 많이 무너진 모습이 보였다. 화산재로 인해 목숨을 잃어 뼈밖에 남지 않아 그 위에 석고로 몸 형태를 만든 상태의 사람을 보니 마음이 먹먹하고 기분이 묘했다.

정말 한순간에 사랑하는 사람들과 친구를 잃으며 자신에게도 죽음이 다가오는 것을 보며 그 사람들은 어떤 생각을 했을까? 아니 생각할 시간이나 있었을까? 처절하게 몸부림을 치며 생명을 잃은 사람들을 가슴속에 담고 다른 유물을 보러 발걸음을 옮겼다.

골목들과 목욕탕 등을 보았는데 그 당시에도 목욕탕이 있다는 것은 책에서 보았기 때문에 알고 있었는데 사우나가 있었다는 사실은 몰랐기에 신기했다. 뜨거운 햇빛 아래에서 투어를 마치고 세계 3대 미항인 나폴리에 갔다. 나폴리에서는 별로 보이지 않았고 건물과 도로가 굉장히 오래 되고 낡았다는 느낌을 받았다. 그래서 '여기가 아름답기로 유명한 항구인 나폴리가 맞나?'라는 생각이 들었지만 바다를 보니 맞는 말인 것 같았다.

나폴리에서 모든 일정을 마치고 저녁 식사를 먹으러 이동하고 저녁으로 육개장과 제육볶음을 먹은 뒤 호텔로 왔다. 오늘 가장 인상 깊었던 것은 정지 버튼을 누른 듯한 폼페이와 그곳의 사람들이었다. 자연의 힘은 참으로 위대하고 폼페이는 자연의 힘 앞에 쓸쓸히 사라진 슬픈 도시라는 생각을 했다.

아름다운 도시 피렌체 ^{8월 12일}

       피렌체에 도착하기 전 피렌체가 가장 잘 보이는 미켈란젤로 언덕에서 휴식 및 기념 촬영을 했다. 미켈란젤로 언덕에서 본 풍경은 정말 아름다웠다. 화보나 예쁜 공책 표지에 그려진 빨간 지붕의 건물들이 옹기종기 모여 있었다.

    피렌체 중심으로 들어가 시뇨리아 광장에서 그 유명한 다비드 상을 보았다. 미술 관련 서적에는 어김없이 꼭 다비드 상의 사진이 표지나 내용에 꼭 나오는데 그 유명한 조각상을 보니 굉장히 아름다웠다. 다비드 상을 보니 인체 비율이 굉장히 훌륭하다는 것을 느꼈다. 시뇨리아 광장의 많은 조각상들을 보았는데 가장 인상 깊었던 조각상은 역시 다비드 상과 헤라클레스 상이었다. 하지만 아쉽게도 둘 다 복제품이라는 사실에 실망은 했다.

    조각상들을 구경하고, 죄수를 목매달아 창밖으로 던진 건물과 감옥들을 보았다. 그것들을 보면서 가이드의 설명을 들으니 더욱 흥미로웠다. 알리기에리 단테! 단테의 생가를 보면서 단테의 『신곡』을 한국에 가면 꼭 읽어 봐야겠다고 생각했다. 까사또래는 탑 집으로 높을수록 잘 사는 집이라고 한다. 우피치 미술관 외벽을 보고 베네치아로 이동했다. 오늘 본 예술품들도 기억에 남지만, 오늘은 가이드 선생님으로부터 들은 이야기가 기억에 더 남는다.

아! 그리고 오늘 피렌체에 있는 면세점에서 아빠와 나는 지갑을 샀다. 여행을 오기 전 엄마가 이탈리아에 가면 지갑을 사 준다고 하셨다. 지갑을 고르다가 마음에 드는 지갑을 골랐는데 아빠와 내 것 둘 다 가격이 높았다. 특히 내가 고른 지갑은 최고급이었기 때문에 가격이 꽤 높았다, 심지어 아빠가 고른 것보다 약간 더 비쌌다. 다른 것을 고를까 생각 중이었는데 엄마가 흔쾌히 아빠와 내가 고른 지갑을 사 주셨다. 마음에 쏙 드는 지갑을 사 주셔서 엄마께 정말 감사드렸다. 이 지갑을 앞으로도 계속 애지중지 할 것 같다. 이런저런 생각을 하며 하루를 보내고 나는 숙소에서 잠을 청했다.

내 사랑 베네치아 ^{8월 13일}

　　　　　우리는 아침 일찍 준비를 하고 베네치아를 향해 출발했다. 항상 텔레비전에서 베네치아하면 나오는 것들이 영화제나 물의 도시이다. 궁금하고 기대하며 베네치아를 향했다. 약 20여 분의 배를 타고 물결의 출렁거림과 함께 내 마음도 설레었으며 기다리던 베네치아에 입성했다. 아침 일찍 출발하고 도착해서 광장 안에는 사람들이 많지 않아서 좋았다.

　나는 '베네치아'라는 말을 들으면 예쁜 다리 밑으로 작은 배가 지나가는 모습을 떠올렸다. 그것은 바로 곤돌라이다. 이탈리아어로는 베네치아, 영어로는 베니스에 내가 서 있었다. 뜨거운 햇빛 때문에 더웠지만 중간중간 불어오는 시원한 바람 덕분에 괜찮았다. 먼저 비발디가 있었던 성당에서 사진을 찍었다. 나는 비발디가 음악가인 줄로만 알았는데 음악가 이전에 성당의 신부님이었다는 사실을 알고 놀랐다. 그 당시의 많은 음악가들을 보면 모두 파마한 긴 머리를 갖고 있었는데 그게 다 가발이었다고 한다.

비발디의 원래 머리색은 빨간색이었다고 한다.

탄식의 다리는 두칼레 궁전과 작은 운하를 사이에 두고 동쪽으로 나 있는 감옥을 잇는 다리이다. 이 다리를 지나 감옥으로 연행되던 죄인들은 이 다리의 창을 통해 밖을 보며 다시는 아름다운 베네치아를 보지 못할 것이라는 생각에 탄식을 했다고 한다.

이 감옥을 유일하게 탈출한 사람이 바로 그 유명한 조반니 카사노바라고 한다. 탄식의 다리를 보고 있을 때 다리 밑으로 곤돌라가 지나갔다. 항상 화보에서만 보고 상상하던 모습 그대로였다. 다리 밑으로 지나가는 곤돌라를 보고 있으니 그 장면이 굉장히 영화 같았고 예뻤다. 내가 이탈리아의 베네치아에 왔다는 사실을 새삼 다시 느낄 수 있었다. 내가 이탈리아하면 생각하는 장면을 보고 갈 수 있어서 정말 기뻤다.

탄식의 다리를 구경하고 조별로 다니면서 맛있는 음식을 먹었다. 우리 조는 길에서 피자를 사 먹었다. 고소하고 짭짤한 치즈와 기름이 흐르고 바삭한 피자를 들고 먹으며 길을 걸었는데 피자가 정말 맛있었다. 피자를 먹으며 상점들을 구경하고 있었고, 한쪽에서는 엄마가 민혁이의 지갑을 사 주고 계셨다. 나도 민혁이가 지갑을 사는데 색깔과 디자인을 선택할 때 도움을 주었다. 베네치아의 아름다운 산마르코 광장을 두고 우리는 다시 배를 타고 나왔다. 차로 조금 이동해 점심을 먹기 전 면세점에서 올리브오일과 발사믹 식초를 샀다.

겨울에 스페인에서 사온 올리브오일과 약간 맛이 달랐다. 조금 더 풀 냄새가 나고 목이 따끔따끔했다. 오일과 식초를 많이 샀더니 핸드크림도 하나 서비스로 받았다.

양손 가득 짐을 들고 식당으로 들어가 비빔밥을 먹었다. 점심 식사 뒤 가장 오래 있었던 이탈리아를 떠나게 되어서 아쉬웠다. 버스에 몸을 싣고 차에서 『동방견문록』을 쓴 마르코 폴로의 이야기를 들으며 오스트리아로 떠났다.

오스트리아로 떠나기 전 정들었던 이병훈 가이드 선생님과 헤어져서 많이 아쉬웠다. 일정이 가장 길었던 이탈리아에 있는 내내 같이 있었고 정말 재밌으셨다. 많은 이야기를 해 주셨는데 귀에 쏙쏙 들어왔고 역사와 이런저런 말씀을 해 주실 때 정말 좋았다. 우리한테 신경을 많이 써 주셨던 것은 말할 것도 없고. 이병훈 가이드 선생님 같은 분을 만난 것은 정말 큰 행운이라고 생각했다.

한참을 달려 오스트리아의 인스부르크에 도착해서 황금의 작은 지붕을 보았는데, 그곳은 옛날에 임금님이 자신의 권위를 나타내기 위해서 햇빛이 가장 잘 드는 곳을 개인적인 용도로 쓴 곳이라고 했다. 하지만 지금은 호프집이 되어 있었다. 마리아 테레지아 거리에서 사람들과 가게 구경을 했다. 사람들이 아주 많았고 특히 키가 큰 사람이 많이 보였다. 마리아 테레지아는 그 유명한 루이 16세의 아내인 마리 앙투아네트의 어머니이다.

우리가 거리에 있을 때 하늘이 약간 어둑어둑했다. 숙소에 가기 전 거리에 있는 슈퍼에 들렀다. 슈퍼 앞에는 여러 가지 과일들이 있었고, 안에는 여느 슈퍼와 별반 다르지 않았다. 여러 가지 과자, 술, 음식 등이 있었다. 우리는 과자와 초콜릿을 보다가 소시지와 햄이 있는 코너에 갔다. 어떤 것을 사갈까 고민하다가 통통하고 큰 소시지를 골랐다. 그 소시지를 고를 때 오스트리아에서 유학 중인 솔지 언니에게 그 소시지가 맛있는지 물어봤는데 언니가 맛있다고 해서 샀다. 슈퍼에서 간식거리를 대충 사고 숙소로 가기 전 한 공원에서 산책을 했다.

오스트리아와 독일에 있는 동안 같이 있을 가이드 선생님이 우리에게 가능한 많은 경험을 할 수 있게 해 주시겠다면서 공원으로 간 것이다. 풀

향기가 나는 공원을 산책하고 버스로 갈 때 어둑어둑하던 하늘에서 빗방울이 떨어지기 시작했다. 비를 맞으며 버스에 올라타고 드디어 숙소로 갔다. 숙소에 도착하고 방에 들어가니 방이 참 귀여웠고 내 마음에 쏙 들었다. 보통 호텔은 방이 네모난데 이 호텔은 방 모양이 사물이 있는 구조에 맞춰 있는 오각형, 육각형 같았기 때문이다. 말로 표현하기는 어려운 데 굉장히 귀엽고 독특했다. 또 창문의 테두리와 나눠진 선이 하얀색이었고 커튼도 하늘하늘하게 흔들리는 하얀색이었다. 내가 정말 좋아하고 나중에 내 집에 저런 창문이 있었으면 좋겠다고 생각한 모습이었다.

저녁에 티브이를 틀었는데 "3096일"이라는 영화가 하고 있었다. 이 영화는 오스트리아의 나타샤 캄푸시라는 10살짜리 한 소녀가 등굣길에 납치를 당해 감금, 학대, 노예 생활을 하다가 18살이 되던 해에 극적으로 탈출한 실화를 책으로 먼저 만들고 그것을 바탕으로 만든 영화이다. 책을 먼저 접했기 때문에 영화를 볼 기회가 없었는데 이곳에서 보게 된 것이다. 채널을 돌려 보자 두 채널에서 오스트리아어와 영어로 방송을 하고 있었다. 영화를 다 보고 푹신푹신한 침대에 누웠다. 내일이면 독일의 프랑크푸르트로 떠나는 날이다. 그리고 유럽 여행의 마지막 일정이기도 하다. 벌써 여행이 끝나가서 약간 아쉬운 마음이 들었다.

독일에 가게 된다고 생각하니 굉장히 기대하고 있는 것이 있었다. 소시지와 맥주가 아주 유명한 독일이니 꼭 소시지를 사고 맥주도 마시고 싶었다. 예전부터 독일에 간다면 맥주를 마시겠다고 생각했었는데 그 기회는 생각보다 빨리 왔고 드디어 내일이면 독일에 가게 되는 것이다. 정말 기대가 된다. 핸드폰으로 친구들과 연락을 하며 사진을 보내고 이런저런 생각을 하며 눈을 감았다.

독일로 향하다 ^{8월 14일}

아침 일찍 일어나 독일의 하이델베르크로 이동했다. 독일의 하이델베르크에서 네카 강가에 가장 먼저 갔다. 다리 위에서 강물이 흐르는 것을 보고 있으니 편안했다. 날씨가 좀 흐려서 사진을 찍을 때 어둡게 나왔다. 일렁이는 강을 보고 하이델베르크 고성 대학가에 갔다.

폴드리 5세가 사랑하는 아내인 엘리자베스를 위해 생일 선물로 하루 만에 지은 문과 두 딸의 이야기가 담긴 하이델베르크 고성의 이야기를 들었을 때 아내를 향한 사랑과 딸들을 향한 아버지의 사랑을 느낄 수 있었다.

어마어마하게 큰 와인 통을 보며 들은 이야기가 중세시대 때에 그 커다란 술통을 청소하기 위해 어린아이를 밧줄로 묶어 내렸다는 것이었는데 어느 시대에나 인간은 참 잔인하다는 생각이 들었다.

오늘 하루의 일정을 마치고 숙소로 들어왔다. 내 방으로 가기 전 1층에 있는 분위기 좋은 바를 보았다. 바텐더가 사람들에게 술을 주고 있고 많은 사람들이 즐겁게 대화를 나누며 술을 마시고 있었다. 앞에는 가이드 선생님도 계셨다. 독일에 오기 전 드디어 독일에서 맥주를 비롯한 여러 가지 술을 맛볼 수 있다는 생각에 굉장히 들떠 있었다. 하지만 내가 독일에서 맥주를 마시는 일은 없었다. 오스트리아에 있을 때 같이 온 몇몇 아이들이 작은 싸움이 있었는데 선생님이 싸움을 해결하시는 과정에서 아이들이 술을 마신 것과 술 때문에 싸움이 격해진 사실을 아셔서 모두 혼이 났기 때문이다. 그래서 나는 독일에 왔을 때 아무것도 마시지 못 했고 눈물을 삼키며 바를 지나쳐 방으로 올라가야 했다. 정말 기대했던 순간인데 말도 못하게 아쉬웠다.

오늘은 유럽에서 잠자는 마지막 날이다. 길었다면 길었고, 짧았다면 짧았던 13박 14일! 내일이면 독일에서 몇 군데만 가고 한국으로 떠나는 날이다. 유럽에 오기 전에 짐을 챙긴 일이 그리 오래 된 것 같지 않은데 벌써 한국에 갈 날이 내일이라 기분이 묘했다. 내일 여기저기 둘러본 후에 바로 공항으로 갈 테니 짐을 거의 완벽하게 챙겨야 한다. 빠진 것이 없는지 꼼꼼히 확인해 보고 잘 준비를 했다. 마지막 날까지 즐겁게 보내고 많은 경험을 할 수 있으면 좋겠다는 생각을 하며 잠을 청했다.

아쉽고 행복했던 유럽! ^{8월 15일}

오늘은 독일에서 보내는 마지막 날이자 한 국으로 떠나는 날이다. 뢰머 광장에서 가이드 선생님의 말씀을 들으며 서 있는데 옆에서 결혼식을 하고 있었다. 인터넷 화보에서 본 것처럼 몇몇 친 척과 친구들이 있는 것 같았고, 여자들은 같은 드레스를 남자들은 정장을 입고 있었다. 진지한 분위기대신 다들 손에는 샴페인 같은 술이 약간 담긴 잔을 들고 웃고 있었다. 행복하고 즐거워 보이는 사람들을 보고 있으니 나 도 마음이 굉장히 즐거웠고 신랑 신부가 행복했으면 좋겠다고 생각했다.

발걸음을 돌려 성 바돌로매 대성당으로 갔다. 성 바돌로매 성당은 굉장 히 조용했고, 성당 안에서 남자들은 모자를 벗어야 한다고 가이드 선생님 께서 말씀하셨다.

간단히 구경을 하고 나가려는데 계속해서 비가 오고 있었다. 곧 그치겠 지 싶어서 성당 안에서 이런저런 이야기를 하며 기다렸다. 성당 내부도 다 시 한 번 더 보고, 커다란 문을 열고 들어오는 알록달록한 우비를 입은 여러 관광객들을 구경하며 시간을 보냈다. 시간은 계속해서 흘러가는데 비는 그칠 생각을 하지 않고 오히려 더 많이 내렸다. 결국 비를 약간 맞더라도 발걸음을 옮겨야 했기 때문에 우산을 쓰고 버스로 향했다. 독일에서 먹은 마지막 음식은 한식이었고, 메뉴는 순두부찌개였다.

유럽에 있는 마지막 날이 시원하게 쏟아지는 비로 가득했다. 맑은 날이어도 좋았겠지만 나는 비를 좋아하기 때문에 괜찮았다. 비로 젖은 독일의 프랑크푸르트를 가슴에 새기고 드디어 한국으로 떠날 시간이 되었다. 가이드 선생님과 작별 인사를 하고 공항에 도착했다. 긴긴 여행 시간 동안 우리와 계속 함께여서 무척이나 정들은 클라우디오 아저씨와 헤어졌다. 클라우디오 아저씨는 정말 좋은 분이셨고 동화책에 나오는 푸근하고 누구나 다 좋아하는 아저씨 같은 분이셨다.

공항 안에 있는 면세점에 들러 물건을 구경했다. 독일은 칼과 가위 같은 물건들이 유명해서 엄마는 가위를 샀다. 원래는 독일에 가면 칼을 사겠다고 하셨는데 이유는 모르겠지만 가위로 바뀌었다. 남동생은 그 전부터 맥가이버 칼이 갖고 싶다고 해서 철이 유명한 독일에 가면 사 주겠다고 엄마가 말씀하셨었는데 동생은 너무 갖고 싶었었는지 엄마 몰래 스위스에서 꽤 큰돈을 주고 구입했다. 동생은 중간에 호텔에서 한번 잃어버렸다가 찾은 것을 동생들은 통해 알게 되었다. 스위스 것도 좋긴 하지만 종류가 더 많고, 튼튼하며, 저렴하고, 유명한 독일의 맥가이버 칼을 사지 못해서 동생은 약간 후회하는 것처럼 보이기도 했다.

  나는 샤프나 색연필, 시계, 목걸이, 핸드크림 등을 구경했다. 핸드크림이 크기도 크고 그에 비해 가격도 저렴했기 때문에 하나 살까 고민을 하다가 그냥 테스트용을 살짝 바르고 말았다. 우리가 산 물건들이 세금 때문에 확인할 수가 있어서 웬만하면 한 캐리어 안에 넣는 것이 좋다는 이야기를 뒤늦게 들어 모든 사람들이 가방을 열고 짐을 다시 정리하는 일이 생겼다. 한쪽에 모여 옷을 들추고 밑에 있던 물건들을 열심히 담았다. 우리는 시계, 지갑을 정리했다. 그리고 이탈리아에서 산 1킬로그램의 초콜릿과 쿠키를 꺼내어 친구들과 나누어 먹었다. 나는 정리를 하며 비를 맞고 젖은 양말과 신발을 갈아 신기도 했다. 이제 정말 한국으로 떠날 시간이 되었다. 한국에 도착한 건 아니지만 유럽에 있는 일정이 끝났기 때문에 여행이 끝났다는 생각에 시원섭섭했다.

게이트에서 화장실로 가고 있는데 중앙에 하얀색 그랜드 피아노가 놓아져 있었다. 바닥에 둥근 레드 카페트가 깔려 있었고 주위에 사람들이 지나다니고 있었다. 공항에 있는 피아노를 치는 모습이 인터넷에 종종 올라오는데 이렇게 생각지도 못한 상태에서 피아노를 보게 되어 깜짝 놀랐다. 잠시 서 있자 눈치를 보다가 사람들이 한 명씩 피아노를 치러 앞으로 나왔다. 가족과 서 있던 한 남자 아이가 부끄러운 듯 서 있다가 피아노 의자에 앉아 피아노를 치기 시작했다. 금발에 푸른 눈의 어린아이가 수줍게 피아노로 "반짝반짝 작은 별"을 치는 모습을 보자 정말 귀여웠다. 아이가 피아노를 치는 동안 주변 사람들은 흐뭇하게 바라보고 아이의 가족은 웃으며 촬영을 했다.

잠시 뒤 한 백발의 신사가 피아노로 향했다. 키가 큰 할아버지가 피아노로 아름다운 곡을 연주하자 정말 멋있었다. 부드러운 선율이 공항에 울려 퍼졌고 사람들은 음악에 취해 서 있었다. 할아버지는 정말 즐겁게 웃으며 피아노를 치고 손가락은 건반 위에서 부드럽고 때로는 강렬하게 춤을 추었다. 귀여운 아이와 특히 이 할아버지의 모습은 절대 잊을 수가 없을 것이다. 여유로운 웃음을 지으며 연주하는 할아버지의 모습은 정말 멋있고 감동적이었으며 나도 저렇게 되고 싶다는 생각이 머릿속에 강하게 새겨졌다.

　게이트로 이동해 잠시 기다리고 유럽에 올 때처럼 도하로 향하는 비행기에 몸을 실었다. 항상 느끼는 것이지만 장시간 비행기를 탈 때 한국에서 떠날 때와 한국으로 향할 때와 몸 상태가 다르다. 한국에서 올 때는 규칙적으로 잠을 자고 쉬기 때문에 피로가 덜 쌓여서 비행기에서 잠이 잘 오지 않고 시간이 천천히 움직이는 것 같았는데, 한국으로 향할 때는 여행 기간 동안 쌓인 피로 때문에 눈만 감았다가 뜨면 2, 3시간씩 지나 있다. 그래서 훨씬 더 수월했다. 음료, 간식, 기내식을 먹으며 영화도 보고 시간을 보냈다. 바로 자면 이따가 잠이 들지 않을 것 같아서 일부러 좀 더 깨어 있다가 잠을 잤다. 안전벨트를 하라는 표시가 뜨고 비행기가 땅 위에 도착했다. 이제 도하에 도착한 것이다. 이제 한번만 더 비행기를 타면 한국에 도착한다는 생각에 가슴이 두근두근했다. 매캐한 냄새가 나는 도하의 공항에서 다들 지친 몸을 여기저기 뉘고 비행 시간만을 기다렸다.

　이제 한국으로 향하는 비행기에 오를 시간이 되었다. 비행기에 타고 구름 위를 날아가며 시간을 보냈다. 역시 이번에도 간식과 기내식을 먹고 영화를 보거나 게임을 하며 시간을 보냈다. 긴긴 시간이 흐르고 마침내 비행기가 인천 국제공항에 도착했다. 공항에서 수하물을 가지러 가는 길과 가지고 올라오는 길! 입국 심사를 하는 동안 여기를 봐도, 저기를 봐도 한국어가 보였다. 또 귀에 들리는 것은 한국어 안내였다. 눈에 익었던 영어나 프랑스어나 이탈리아어가 아닌 한국어가 보이자 너무 쉽게 읽혀 기분이 이상하고 웃겼다. 한국 방송, 한국어, 한국인들을 보자 정말 반가웠고 내가 한국에 온 사실을 온몸으로 느껴졌다. 13박 14일 동안 함께 지냈던 일행들과 인사를 하고 아쉽게 작별 인사를 했다.

애들이 다 착하고 재밌어서 여행 기간 동안 무척 즐거웠기 때문에 헤어지기 더 아쉬웠다. 우리는 공항버스를 타고 집으로 가기로 했다. 캐리어를 밑에 칸에 싣고 버스에 탔다. 좌석이 넓고 편했다. 비행기에서 잠을 자서 그런지 버스 안에서는 졸린데 잠이 들지 않아 계속 핸드폰을 하다 눈을 감고 쉬다가 했다. 버스 안에서 밖을 보니 한국에서만 볼 수 있는 한국 특유의 모습이 보였다. 나무, 하늘의 색깔, 아스팔트 도로 등 익숙한 모습이 보였다.

버스가 달리고 달려 마침내 우리는 집에 도착했다. 동네를 보니 아무것도 변하지 않고 그대로여서 굉장히 반가웠다. 오랜만에 왔더니 익숙하면서도 뭔가 낯선 느낌이었다. 캐리어를 끌고 집으로 들어가자마자 집을 한

번 쭉 돌아보고 아침을 먹기 위해 다시 나왔다. 식당에 가서 밥을 먹으면서 물이 시원하고 맛있다는 점과 반찬을 무료로 리필하면서 정말 행복했다. 한국에서는 당연한 일이었지만 유럽에 가서는 하지 못했던 일이라 사소한 일도 감사하게 느껴졌다.

맛있게 아침을 먹고 집으로 돌아와 씻고 내 방에 들어와 누웠다. 익숙한 천장이 보이고 편했다. 누워서 유럽에서 있었던 일을 다시 생각했고 나중에 또 가고 싶다는 생각이 들었다. 다음에 한 번 더 가면 또 다른 느낌을 받을 것 같다. 한국으로 돌아와 방에 가만히 누워 있으니 유럽에서 있었던 일들이 꼭 꿈만 같았다. 길다면 길고 짧다면 짧은 13박 14일 동안의 유럽여행은 정말 즐거웠고 아주 소중한 추억이 되었다.

유럽에서 약 2주간 다니며 느낀 점도 많고 한국과 비교되는 것도 많았다. 한국에서 밥을 먹을 때는 물이나 반찬을 더 달라고 말하면 당연히 무료로 더 먹을 수 있는데 유럽에서는 모두 돈을 추가적으로 내야 한다. 가장 생각나게 하는 건 휴게소였다. 한국의 휴게소는 여기 있는 동안 가 봤던 휴게소들과 비교도 되지 않는다. 한국의 휴게소는 무료인 것들이 많고 음식을 파는 곳이 무척 많다. 밖에는 분식, 토스트, 구운 감자 등 정말 많은 여러 음식들을 팔고 안에는 편의점과 식당이 있다.

식당에서는 여러 가지 음식들이 있고, 카페도 있고, 가게에서는 간단한 물품들도 판다. 하지만 유럽에서 다녔던 휴게소는 간단하게 먹을 것들과 커피 같은 것이 있었고 잠깐 쉬었다 가는 느낌이었다. 또 화장실도 무척 다르다. 한국 휴게소의 화장실은 정말 크고 깨끗하다. 안에는 향기도 나고 인테리어도 훌륭하다. 금붕어나 분수대가 있는 곳도 있다.

유럽의 화장실은 정말 말 그대로 화장실뿐이다. 심지어 독일과 같은 몇

몇 화장실은 유료였다. 휴게소를 다니며 외국인들이 한국에 와서 휴게소에 온다면 깜짝 놀라겠다는 생각을 계속했다. 우리가 유럽에 있는 동안 탄 버스의 기사님인 클라우디오 아저씨는 좋은 분이셨다.

이곳에는 버스 기사님들이 몇 시간을 운전하면 또 얼마간 쉬어야 하는 규칙이 있는데 클라우디오 기사님은 우리에게 많은 것을 배려해 주셨다. 일정을 잡고 움직이다가 중간에 예정에 없던 곳에 들르고 싶어 하면 멈춰 주셨고 사진도 같이 찍으셨다. 또 볼 때마다 인사를 하면 웃으며 인사를 해 주셨다. 휴게소에 들를 때 커피 같은 음료를 몇 번 드리면서 이야기도 나누고 시간이 흐를수록 정이 더 들었다.

커피를 드릴 때 깜짝 놀라시며 고맙다고 환하게 웃으시며 말씀하신 모습이 오래도록 기억에 남는다. 항상 웃고 계신 푸근한 클라우디오 아저씨가 한국에 가면 정말 보고 싶을 것 같다.

유럽의 물맛은 우리나라와 다르다. 유럽은 석회질이 많아 물이 석회수라고 한다. 그래서 정수기가 없다. 아무리 강한 필터를 써도 석회 가루가 껴서 며칠을 못 가기 때문이다. 우리나라 물맛이 익숙해서인지 모르겠지만 우리나라 물이 훨씬 더 맛있다.

나는 이번 캠프에 오는 것을 고민했었다. 가고 싶었던 이유는 다음과 같다.

1. 한번에 6개국이나 간다.

2. 서부 유럽 쪽으로 가본 적이 없다.

3. 내가 가고 싶었던 나라와 장소들이 있기 때문이다.

하지만 가고 싶지 않았던 이유도 있다.

1. 여름 방학이 짧고, 벌써 고2의 2학기이다.

2. 바로 전 겨울에 해외(**스페인, 포르투갈, 모로코**)에 다녀왔다.

3. 이번 캠프에서는 같이 가는 친구가 없어서 걱정이 된다.

4. 무더운 여름과 2주라는 기간이 길어 보였다.

이러저러한 고민을 했었지만 이미 엄마가 준비를 다 해 놓기도 했고 엄마의 말씀을 듣고 결국 가게 되었다. 엄마가 날 설득할 때 하신 말씀은, '아빠와 함께 처음으로 온 가족이 가는 가족 여행'이었다.

그래서 나는 짐을 싸고 비행기에 몸을 싣게 되었다. 막상 유럽(제일 먼저 간 나라인 영국)에 도착해서는 오기 정말 잘했다고 생각했다. 긴 비행시간으로 인해 많이 힘들었지만 영국의 시원한 바람이 날 반겨 주었을 때와 주위 사람들을 보았을 때의 그 느낌을 나는 평생 잊을 수가 없을 것이다.(특히 에펠탑)

굳이 이번 캠프에서 힘들었던 것을 뽑으라면 물을 마음껏 마시지 못한 점과 뜨거운 태양 아래에 있었을 때 정도이다. 하지만 좋았던 순간들이 훨씬 많았기에 그 정도는 아무렇지도 않다.

스위스와 이탈리아에서 엄마가 시계와 지갑을 사 주셨는데 가격도 만만치 않았고 엄마만 사지 않았기 때문에 엄마한테 미안했다. 좋은 기념품을 사 주셔서 감사드렸고 다음에는 내가 엄마에게 각 나라를 대표하는 물건을 선물할 것이라고 다짐했다.

해외에 정말 오랜만에 나오게 된 아빠가 일정, 음식과 문화가 맞지 않으실까 봐 계속 걱정했었는데 금방 익숙해지고 잘 지내셔서 정말 다행이었다.

아빠는 시리얼을 절대 안 드시는데 유럽에 와서 시리얼을 드시는 모습을 보고 깜짝 놀랐다. 며칠 뒤에는 우리보다 먼저 내려가서 시리얼, 빵 등 유럽식 조식을 드시는 모습을 보고 신기해서 엄마와 많이 웃었다.

같이 13박 14일 동안 지낸 선생님, 어른들과 오빠가 좋으신 분들이셨고 친구, 동생들이 착하고 배려심이 깊은 사람들이었기에 이번 캠프가 정말 즐거웠다. 캠프에 참여할지 말지 많이 고민했는데 역시 오니까 좋다. 이런 기회는 흔하지 않으니 할 수 있을 때 최대한 많이 도전해야겠다는 생각을 하게 되었다. 한국에 돌아간다면 여기서 공동체 생활을 했을 때 몸에 더 베인 배려하는 마음과 유럽 사람들과 같은 여유로움을 잃지 않고 지내고 싶다. 선생님들께 정말 감사드리고, 친구, 동생들에게 수고했고 즐거웠다고 말을 전하고 싶다.

무엇보다도 이번에 우리 가족 5명이 처음으로 해외에 함께 오고 소중한 추억을 만들어서 기쁘다. 누구하나 다치지 않고 한국에 돌아가게 되어서 좋다. 한국에 가면 다시 바쁜 일상으로 돌아가겠지만 이번 13박 14일 동안 있었던 일을 잊지 않았으면 좋겠다. 별 사고 없이 잘 지낸 동생들이 대견스럽고 고맙다.

그리고 이런 잊지 못할 소중한 추억을 만들어 주신 엄마, 아빠께 감사드리고 또 감사드린다. 나중에 또 우리 가족이 여행을 가면 좋겠고 이번 추

억을 회상하며 즐거운 기억을 떠올릴 수 있으면 좋겠다. 이런 귀중한 경험

을 많이 할 수 있는 나는 정말 운이 좋고 행복한 아이이다.

민혁이와 함께하는
13박 14일

준비 교육 ^{7월 30-31일}

　　　　　　　　언제나 몸을 움직여 땀을 흘리는 것을 좋아하는 나는 방학 동안 열심히 복싱을 해 체중 감량을 하기로 결심했다. 그러나 엄마의 유럽 여행 계획으로 모든 것이 다른 방향으로 변했다. 유럽을 여행하는 것은 좋은 일이기에 인천의 미추홀독서문화원(목민리더스쿨)에서 주관하는 유럽 탐방 프로그램에 신청을 했고 나는 유럽 탐방 준비 교육을 가게 되었다.

　처음 준비 교육 장소에 갔을 때에 많은 친구들로 어수선한 분위기와 공부를 하려는 분위기로 나누어져 있었다. 나는 조심스레 맨 뒷자리에 앉아 핸드폰으로 시간을 보내고 있을 때 예전에 보았던 몇 명의 동생들이 들어왔다. 그 동생들은 이곳 시흥에 살면서 나와 같이 독서 공부를 하고 이번 캠프에 참가하게 된 우리 동네 동생들이다. 시흥이 아닌 이곳 인천에서 만나니 새로운 기분이 들었다. 핸드폰을 들고 뭔가를 하고 있을 때 내가 아는 사람이 몇 명이 들어왔다.

핸드폰을 주머니에 넣고 우리는 수업 받을 준비를 했고 소중한님이 들어오셔서 수업은 시작되었다. 모두가 어색하고 서로 서로 잘 알지 못하기에 소중한님은 종이를 하나씩 주면서 서로에게 다가가 정보를 알아 오는 시간을 갖게 했다. 서로 질문을 하고 답을 하면서 벽을 허무는 시간이었다. 나는 다른 친구들과 마찬가지로 한 사람씩 찾아다니며 이름, 나이, 좋아하는 것, 성격 등을 물어보며 말을 건네었다. 우리들은 처음 보는 친구들도 많은데 모두가 돌아다니며 묻고 답하니 벌써 아는 사이처럼 친해지기도 했다. 소중한님은 대충 알아 온 사람은 벌칙을 받는다고 말씀하셨다. 알아 온 정보를 토대로 조사한 친구에 대해 발표를 했다.

이런 시간이 지나고 우리는 동영상으로 우리가 가야 할 곳을 하나씩 보면서 공부를 했다. 모든 문화재가 중요하고 오래된 것들이어서 집중도 했지만 순간순간 멍하니 혼자 생각에 잠기기도 했다. 그렇게 얼마의 시간이 흐르고 기다리던 점심시간이 다가왔다. 언제나 먹는 시간은 즐거운 시간이다. 선생님이 직접 끓여 주는 라면이어서 너무 맛있었다. 선생님은 음식을 매우 잘하신다. 그래서 내 살이 더 안 빠지는지도 모르겠다.

점심을 먹고 조금의 휴식 시간을 갖고 이제는 서로서로 아는 사이처럼 농담도 주고받으며 대화를 했다. 나는 친구들과 1층에 있는 가게에서 아이스크림을 사 먹고 여행에 관한 기대감으로 친구들과 이야기를 했다. 이제는 방학 시간이 오히려 잘 보낼 것 같은 기대감에 부풀어 있었다. 세계의 중심지인 유럽! 많은 사람들이 가고 싶지만 쉽게 가지 못하는 그곳을 나는 가족과 함께 그리고 친구들과 함께 가려는 계획을 했고 지금 공부하고 있는 것이다. 그래서 더 기대되는 이유이다. 점심시간이 끝나고 오후 시간이 시작되었다. 인간에게 있는 3대 욕구가 식욕과 성욕 그리고 탐구욕이라 하는데 나에게 3대 욕구는 식욕과 성욕 그리고 수면욕이다. 그중에 지금 이 시간 수면욕이 고개를 들었다. 영상이 시작되는 동시에 나는 식곤증 때문에 잠이 오기 시작했다. 그런데 몇 분이 지났을까 누군가 내 등을 때리고 있다는 느낌을 받았다.

일어나 보니 선생님이 돌아다니시면서 졸고 있는 학생들을 깨우셨다. 하지만 난 순간 일어났지만 내려오는 눈꺼풀을 이겨 낼 수가 없었다. 나는 내 욕구를 이겨 낼 수 없는 아니 이기려 노력하지 않는 불굴의 한국인이다. 그렇게 나는 깊은 수면에 빠지고 나서 일어나 보니 어느새 영상은 끝나 가고 있었다. 나는 크게 하품을 한 뒤 몇 분 남지 않은 영상을 열심히 보왔다. 그렇게 영상이 끝나고 우리는 약간의 휴식을 가지며 선생님께서 사 주신 아이스크림을 맛있고 뻔뻔하게 먹었다. 참 시원했다. 그렇게 그날 하루 일정이 끝난 뒤 우리는 각자의 집으로 돌아갔다.

집으로 돌아가는 길에 나와 엄마와 여동생은 저녁을 사 먹고 들어갔다. 들어가면서 엄마가 오늘 본 것 중에 기억나는 것을 말해 보라고 하시자 나는 해맑게 웃으며 당당하게 자서 아무것도 모르겠다고 말했다. 그러자 엄마의 손이 내 등으로 날아왔다. 나는 웃으면서 집으로 들어왔다. 오늘 열심히 공부하지도 않았는데 매우 피곤했다. 공부는 어려운 것이다. 문득 선생님의 말씀이 생각난다. "공부하는 시간의 고통은 짧고 공부하지 않아서 살아가는 고통의 시간은 길다" 내가 이 글귀를 다 이해한다면 더 열심히 하겠지만 지금은 마음 따로 행동 따로이다. 머리로 생각하고 깨달은 것을 몸으로 실천하는 내가 되고 싶지만 그것이 쉽지 않다. 이번 여행을 통해서 나의 이런 부분이 고쳐졌으면 좋겠다. 그리고 입으로 들어오는 것이 머리로 들어오는 것보다 더 좋은 것은 어쩔 수 없다.

인천공항 ^{8월 8일}

드디어 여행을 가기로 한 날이다. 나는 친구들과 선생님께 잘 다녀오겠다고 인사를 하고 집에서 인천공항으로 출발했다. 우리는 오후 10시가 되어 인천공항에 도착한 뒤 일행들을 만났다. 30분 뒤 우리는 짐을 먼저 보내는 과정을 했다. 짐을 먼저 싣고 비행기를 기다렸다. 비행기를 기다리는 동안 우리는 이런저런 이야기를 했다. 드디어 비행기 탑승 시간이 되었다. 시간을 보니 새벽 1시 30분이였다. 이 시간이 되면 보통 난 자고 있을 시간이다.

그렇게 나는 비행기를 탑승한 뒤 안전벨트를 매고 이륙을 기다렸다. 유럽을 간다는 설렘과 그곳에서 일어날 것 같은 신비한 일들을 기대하며 우리는 이륙을 했다. 이륙은 언제 해도 재밌고 스릴이 있다. 시간이 흐르고 기대하던 기내식이 나왔다. 선생님께서 기내식이 맛있었다고 하셨는데 내 입맛에는 별로였다. 그래도 기내식 중에서는 콜라가 제일 맛있었다. 그렇게 또 몇 시간이 흘렀고 나는 잠을 청했다.

하지만 예상대로 잠은 오지 않았다. 시간이 흐르고 두 번째 기내식을 먹었다. 역시 맛은 없었다. 어느덧 9시간이라는 긴 시간이 흘렀다. 그렇게 우리는 카타르 도하에 도착하고 거기에서 비행기를 갈아타야 했다. 잠깐 내려서 운동도 하고 친구들과 대화를 하면서 시간을 보내니 기분이 좋아졌다.

공항에 내려 약 2시간 정도의 휴식을 취한 뒤 영국행 비행기를 탔다. 역시 영국으로 행하는 비행기도 시간이 걸렸다. 카타르에서 영국까지 가는데 5시간이 조금 넘었다. 그렇게 5시간 동안 또 뜬눈으로 지내다가 3번째 기내식을 먹었다. 역시 맛은 없었다. 하지만 남기면 아까우므로 그냥 다 먹었다. 절대 맛있어서가 아니다. 남기는 것이 죄를 짓는 것 같은 기분이 들었고 아까워서 다 먹었다. 그렇게 5시간이 자나자 드디어 영국에 도착했다. 우리는 16시간을 걸쳐 영국에 도착한 것이다. 우리가 영국에 도착했을 때에는 영국은 오전이었다. 우리는 시차 때문에 피곤할 겨를도 없이 바로 일정을 시작했다.

공항에서 버스를 기다리는 동안 나는 아주 재미있는 모습을 보았다. 16시간 동안 담배를 피우시지 못한 우리 아빠는 내리자마자 담배를 피우셨다. 오랜 시간 담배를 피우시지 못한 우리 아빠는 급체한 것 같은 표정이셨는데, 버스를 기다리는 동안 한 대 피우시고 오시더니 해방된 것 같은 얼굴을 지으셨다. 드디어 버스가 왔다. 우리는 신속하게 버스에 탑승 한 뒤 가이드 선생님과 인사를 나누며 오늘 일정을 알려 주셨다.

첫날 첫 번째 코스는 바로 자연사 박물관이었다. 버스에서 설명을 들으면서 나는 재미있는 사실을 알게 되었다. 영국은 모든 박물관의 입장료가 무료라는 사실이다. 왜냐하면 영국이 식민지 지배를 하는 동안 그 나라의 문화재들을 다 훔치고 빼앗아 왔기 때문이다. 어찌되었든 우리는 무료로 박물관을 구경할 수 있게 되어서 좋았다.

그렇게 우리는 자연사 박물관에서 즐거운 시간을 보낸 뒤 바로 옆의 갤러리 미술관을 갔다. 우리는 미술관에서 약간의 자유 시간을 가졌다. 미술관에 들어갈 사람만 들어가고 들어가지 않은 사람은 밖에서 시간을 보냈다. 하지만 나와 몇몇 사람들은 목마름에 굶주려서 박물관에 들어가서 물을 마셨다. 유럽은 물이 비싸다. 한 병에 1유로이다. 한화로 하면 1,400원인데 유럽의 작은 물 한 병은 1유로인데 그 정도 크기의 물 한 병은 우리나라에서 300원 밖에 안한다. 그것은 유럽의 토양은 석회질로 되어 있기 때문에 지하수를 마실 수 없어서 물을 수입해 마시기 때문에 비싼 것이다.

반면 우리나라는 화강암이기 때문에 물이 아주 맑고 깨끗하다. 석회수는 많이 먹으면 배탈이 나지만 우리나라 물은 아무리 마셔도 배탈이 나지 않는다. 그래서 우리나라 물이 가장 맛있다. 하지만 나는 그런 것은 신경 쓰지 않는다. 생존본능 때문에 수돗물도 먹기에 석회수에 큰 감정이 없다. 우리는 미술관 주변의 곳곳에서 공연도 보고 사진도 찍고 많은 추억을 남겼다. 그렇게 어느덧 시간이 흘렀다. 우리는 미술관과 헤어진 뒤 트래펄가 광장에 갔다. 광장이라 매우 넓었다. 우리는 광장에서 약간의 휴식을 취한 뒤 국회의사당, 빅벤, 웨스트민스터 사원에 갔다. 이 세 곳을 보는 데는 1시간도 걸리지 않았기 때문에 이 세 곳을 갔다가 저녁을 먹었다.

하루 종일 맛없는 기내식만 먹다가 제대로 된 밥을 먹었다. 영국 음식 하면 가장 먼저 피쉬 앤 칩스가 생각나지 않을까 한다. 하지만 우리는 피쉬 앤 칩스를 먹지 않고 채소 수프와 소고기 스테이크를 먹었다. 채소 수프를 먹자 나는 매우 기뻤다. 왜냐하면 채소 수프에서 된장찌개 맛이 났기 때문이다. 그렇게 나는 한 방울도 남기지 않고 수프를 마신 뒤 소고기가 나오기를 기다렸다. 드디어 소고기가 나왔다. 난 자르기 귀찮아서 그냥 접어서 먹었다.

그렇게 우리는 저녁 식사를 마치고 호텔로 갔다. 호텔에서 짐을 풀고 샤워를 한 뒤 다른 친구 방에서 라면을 먹었다. 역시 우리 것이 제일이다. 이렇게 영국에서의 첫날이 지났다. 행복한 하루가 지나고 내일은 오늘보다 더 기대되는 하루가 될 것이라고 생각해 본다.

영국의 둘째 날 ^{8월 5일}

영국의 아침이 밝았다. 아직 시차 적응이 덜 된 우리들은 약간 피곤했다. 하지만 난 배고파서 억지로 일어나서 몸을 이 끌고 식당까지 갔다. 서양식의 아침이라 식당을 가 보니 베이컨, 계란, 빵, 우유, 주스, 소시지 밖에 없었다. 하지만 이것도 하나의 공부라 생각하고 맛 있게 먹었다. 그렇게 우리는 본격적으로 유럽의 문화에 적응해 나갔다. 식 사를 마친 뒤 난 룸메이트와 함께 방에 올라가서 가방을 챙겼다. 영국 일정 은 1박 2일이라 가방을 최대한 풀지 말고 필요한 것만 빼서 써야 했다. 그렇 게 했더니 쉽게 가방을 정리할 수 있었다. 이제 우리는 런던 시내 곳곳에 안

내를 해 줄 차를 탈 시간이 되었다. 나와 룸메이트는 10분 정도 빨리 나와 로비로 향했다. 하지만 역시 우리보다 더 빨리 나와 기다리는 사람들이 꽤 있었다. 이제 우리는 영국에서 두 번째 일정이 시작되었다.

버스에 짐을 실은 뒤에 탑승하니 오늘 갈 곳을 가이드 선생님이 설명해 주었다. 첫 번째 갈 곳은 타워브리지였다. 타워브리지는 매우 길었다. 근데 이 다리를 보고 있으려니 예전에 군인들이 훈련받는 모습이 떠올랐다. 나도 4년 뒤면 군대를 가야 한다는 생각이 문득 들었다.

타워브리지에서 우리는 사진을 찍은 뒤 다음 장소인, 버킹엄 궁전에 갔다. 버킹엄 궁전은 엘리자베스 여왕이 살고 있는 곳이다. 하지만 우리가 간 날에는 휴가 중이어서 여왕은 없었다. 우리는 버킹엄 궁전에 교대식을 자유롭게 본 후 약속된 장소에서 약속된 시간에 만나기로 했다. 그런데 나는 친구와 그때 화장실이 급해서 공중화장실을 찾기 시작했다. 이곳의 물이 몸에 맞지 않았는지 배가 아팠기 때문이다. 그렇게 나와 친구는 일행과 떨어져 형과 같이 화장실을 찾아 1킬로미터를 걸어갔다. 드디어 화장실에 도착했지만 변기가 하나밖에 없어서 난 친구에게 순서를 양보하고 지옥의 5분을 건뎌 냈다.

그렇게 나는 볼일을 보고 매우 만족스러운 얼굴을 지은 뒤 다시 궁전으로 향했다. 우리는 궁전에서 교대식을 각자가 구경하고 11시 30분까지 약속 장소에 모이기로 했는데 교대식에 정신이 팔려서 30분이나 지각을 했다. 모든 사람들이 나를 찾느라 이리 뛰고 저리 뛰며 찾아다녔다고 한다. 나 때문에 다음 장소로 이동하는 시간도 늦었고 모든 사람들을 기다리게 했다는 사실에 모든 분들께 미안했다. 그날 이후로 나는 항상 친구와 같이 다녔다. 나는 기사님과 일행들에게 너무 죄송해서 아무 말도 못했다. 그렇게 나는 매우 우울한 표정을 지으며 다음 장소로 향했다.

영국에서는 일정이 짧기 때문에 둘째 날이 영국에서 마지막 날이었다. 버킹엄 궁전에서 우리는 기념품 가게로 갔다. 거기서 구경을 하다 나는 선생님께 드릴 선물을 살까 생각하다가 프랑스에서 사기로 했다.

그리고 우리는 영국에서의 마지막 장소인 대영 박물관을 갔다. 대영 박물관은 프랑스의 루브르 박물관 바티칸 박물관과 함께 세계 3대 박물관 중의 하나이다. 이곳에서 우리는 미라를 보았는데 아직도 살아 있는 느낌을 받아서 혐오스럽기도 했지만 신기하기도 했다.

그렇게 우리는 영국에서의 모든 일정을 마치고 프랑스로 갈 유로스타라는 기차를 타러 갔다. 유로스타는 영국에서 프랑스를 갈 수 있는 기차이다. 갈 때는 도버 해저터널을 사용한다. 이 터널은 오랫동안 서로 불신하고 미워하는 영국과 프랑스가 서로 마음을 나누자는 의미로 만들었다고 한다. 나라와 나라를 오가는 기차가 얼마나 빠르고 얼마나 비싼지 알 수 있었다.

우리는 세인트 역에 내려 가이드와 기사님께 인사를 드리고 헤어진 다음 소지품 검사를 했다. 역에 내렸을 때 기차 안에서 먹을 저녁으로 김밥과 물을 선생님으로부터 받았다. 유로스타 안에서 먹는 김밥의 맛은 조금 달랐다. 이것도 지나고 나면 아름다운 추억이 될 것이라 생각했다. 그러나 나는 김밥이 담긴 도시락을 역에서 표를 검사할 때 잃어버렸다. 다른 친구들이 유로스타 안에서 김밥을 먹을 때 나는 구경만 하고 먹지 않았다. 그냥 나만 잃어버린 것을 알고만 있었다. 그렇게 몇 시간이 흐른 뒤 우리는 프랑스에 도착했다. 나라와 나라를 지나왔는데도 내 머릿속에는 잃어버린 김밥 밖에 생각이 없었다.

이제 프랑스다. 우리는 버스를 타고 숙소를 향했다. 숙소에서 짐을 풀고 휴식을 취했다. 프랑스에서는 2박 3일 동안 머문다. 짧지만 알차게 보내고 싶다. 영국에서 프랑스로 건너왔는데도 아직 실감이 나지 않는다.

타워브리지

하늘과 땅을
이어 줄 것만 같은
너의 모습
참 길기도 길구나.

너를 바라보면서
우리들의 마음도
길었으면 하는
바람이 생긴다.

프랑스에서의 첫날 ^{8월 6일}

　프랑스의 아침이 밝았다. 우리는 잠에서 깨어나 세수를 한 뒤 아침을 먹으러 식당으로 갔다. 역시 아침은 빵, 베이컨, 우유, 소시지, 계란이었다. 유럽에 온지 이제 3일 째 되는데 이곳 음식이 질리기도 하고 우리의 김치찌개와 된장찌개가 그립다. 아무래도 나는 전형적인 한국인인가 보다. 역시 한국 사람은 우리의 음식을 먹어야 힘이 나는 것 같다. 나는 이토록 우리의 음식이 그리운데 평소에 우리들이 먹는 인스턴트 음식을 먹지 못해 이곳에 올 때 엄마와 우리들이 걱정했던 아빠는 점차 이곳의 음식에 적응해 가셨다. 놀라운 일이다. 나는 빵보다는 밥이 좋다. 아침을 대충 먹고 우리는 간단한 짐만 챙기고 하루의 일정을 소화하기 위해 1층으로 향했다. 버스가 기다리고 있었고 호텔을 나가는데 비가 오기 시작했다.

　나는 비가 오면 신발이 젖어서 별로 비를 좋아하지 않는다. 그러나 피할 수 없으면 즐기라 했으니 미리 챙겨 둔 우산을 쓰고 나갔다. 첫 번째 간 곳은 바로 개선문이었다. 개선문은 나폴레옹 황제가 전쟁에서 승리한 것을 기념하기 위해서 지으라고 명령해서 지었다고 한다. 그러나 정작 본인은 개선문의 완공을 보지 못하고 죽었다고 한다.

　개선문 옆에는 아름다운 명품의 거리 샹젤리제 거리가 있었다. 하지만 비가 와서 그런지 난 큰 아름다움을 느끼지 못했다. 그때 집시들이 나에게 다가와서 종이 한 장을 내밀며 사인을 해 달라는 것이었다. 그때 내 머릿속에 어제 프랑스에 도착했을 때 가이드 선생님이 말씀해 주신 것이 생각났다. 집시들의 소매치기를 조심하고 만약 집시가 종이를 들고 사인해 달라고 하면 절대 사인해 주지 말라는 것을 만약 종이에 사인을 하면 10유로를 줘야 한다는 말씀이었다. 집시들은 불법으로 프랑스에 들어와 구걸을 하거나 이러한 방식으로 사람들의 돈을 뜯어낸다고 했다. 집시들이 달려들었을 때 나는 무시하고 못 알아들은 척 딴 짓을 했다. 그랬더니 조금 사정하고는 사라졌다. 나는 한국에서 보이스피싱 전화가 오면 일본어로 대답하니 바로 끊어 버린 경험이 있었다. 그렇게 우리는 무사히 샹젤리제 거리를 빠져나온 뒤 몽마르트로 향했다. 사람들은 잘못 알고 있는 것이 있다고 가이드는 말했다. 몽마르트를 몽마르트 언덕이라고 부른다는 사실 말이다. 왜냐하면 몽마르트가 언덕을 말하니 굳이 언덕을 붙일 일이 없다는 것이다. 우리는 몽마르트에서 기념사진을 찍은 예수성심 성당을 갔다. 예수성심 성당에서는 프랑스 시내가 한눈에 들어왔다. 멋진 풍경이었다. 높은 건물이 그리 많지 않기에 파리 시내가 누워 있는 듯 평온해 보였다.

그다음 코스로 우리는 베르사유 궁전에 갔다. 그런데 비가 너무 많이 와서 한 시간 이상 줄을 서는 동안 우리 모두는 비에 모두 젖어 있었다. 그러나 그것들도 즐거웠다. 가족과 친구들이 함께 있어서 그런 듯하다. 소낙비가 억세게 내리더니 조금 후에는 햇살이 화창하게 떠올랐다. 우리의 옷은 비에 젖고 햇볕에 말리기를 반복했다. 예전 같았으면 짜증이 나고 지루했겠지만 우리 모두는 모든 것들이 견딜 만했다. 멀리까지 와서 짜증 낼 필요는 없기 때문이다.

나는 어디를 가든지 화장실을 꼭 갔다. 볼일을 미리 봐 두어야 구경을 제대로 할 수 있기 때문이다. 나는 베르사유 궁전에서 여러 작품을 보았다. 그중 몇몇은 교과서에서 본 것도 있었다. 내부 사진들을 보고 뒤뜰에 루이 14세가 사냥하던 정원을 보았다. 처음에는 이것보다 훨씬 컸다고 들었는데 지금도 굉장히 넓었다. 그 당시의 왕들의 권력이란 대단히 강했다는 사실을 이 정원을 보면서 알 수 있었다. 우리나라도 삼국시대나 조선시대, 고려시대 모두 왕들의 권력은 대단히 강했던 것을 볼 수 있다. 그래서 왕권주의, 군국주의라 말하는 것이다.

그렇게 우리는 베르사유 궁전에서 단체 사진을 찍은 뒤 점심을 먹으러 갔다. 프랑스하면 대표적으로 생각나는 음식은 바로 달팽이랑 와인일 것이다. 우리는 점심을 달팽이 요리를 먹었다. 양도 적어서 아쉬웠지만 맛은 보았으니 괜찮은 것 같았다. 점심 식사 후 우리는 마트에서 저녁에 센 강에서 배를 타고 에펠탑 야경을 볼 때에 먹을 간식을 샀다. 과자를 별로 좋아하지 않는 내 눈에 보드카가 들어왔다. 사려고 했는데 선생님께 들키기라도 하면 강에다 날 던져 버릴 것 같아서 그냥 참았다. 나는 간식을 안 좋아하기 때문에 딱히 산 것이 없었다. 그렇게 마트에서 먹을 간식을 다 사고 우리 일행들은 에펠탑으로 향했다.

에펠탑은 정말 높았다. 에펠탑은 프랑스의 혁명 100주년을 기념하기 위해서 만국박람회를 위해서 지었다고 한다. 행사가 끝나고 철거를 하기를 원하는 시민들이 많아서 철거를 하려고 했는데 철거 대신 송신소로 활용하는 방법을 알아내서 지금까지 존재한다고 들었다. 에펠이라는 사람의 설계와 건축도 놀랍지만 그것을 부수지 않고 다른 용도로 활용하는 시민과 정치를 하는 사람들의 생각이 멋있는 것 같았다. 만약 그때 이 탑을 없앴다면 오늘날 파리를 대표하는 이 탑의 모습은 볼 수 없었을 것이다. 우리는 에펠탑에서 기념사진을 찍고 약간의 설명을 들은 뒤 배를 타러 센 강으로 갔다. 센 강에서 배를 타고 에펠탑의 야경을 보기로 했다.

그렇게 우리는 배를 타고 어두워지길 기다렸다. 강가의 많은 사람들은 평온하게 여름휴가를 즐기고 있는 것 같았다. 가족끼리 모여서 대화를 하며 음식을 먹는 사람들, 친구들끼리 모여 노래를 부르며 춤을 추는 사람들 그리고 연인들의 모습도 많이 보였다. 이런 풍경을 구경하니 드디어 태양이 사라지고 어두워졌다. 그러자 에펠탑에 불이 들어오면서 예쁘게 빛이 나기 시작했다. 정말 멋졌다. 조금 전까지 잠자고 있던 에펠탑이 살아난 것 같은 느낌이었다. 나는 핸드폰 카메라로 많은 사진을 찍었다. 많은 사람들이 환호성을 지르고 텔레비전에서나 본 그 광경을 지금 내 두 눈으로 보고 있는 것이다. 그렇게 많은 시간이 흐른 뒤 우리는 배에서 내려 호텔로 갔다. 호텔에서 하루를 되돌아보니 오늘 하루는 정말 잊지 못할 하루일 것 같았다. 그렇게 프랑스의 멋진 하루가 지나갔다.

벌써 프랑스에서 둘째 날이다. 어제는 에펠 탑의 아름다움을 간직한 채 잠이 들었지만 오늘은 또 다른 프랑스의 하루를 기대하며 잠자리에서 일어났다. 나는 아침 일찍 일어나 라면을 먹고 피곤해 다시 침대에 누웠다. 그때 룸메이트가 잠들지 말라고 날 때렸다. 나는 벌떡 일어나 웃으면서 세수를 하고 옷을 갈아입었다.

　　어느덧 아침 식사 시간이 지났다. 아침을 거의 안 먹은 나는 느긋하게 내려갔다. 역시 나보다 더 빨리 내려온 사람이 있었다. 아침 준비를 다하고 드디어 출발이다. 오늘은 첫 번째 일정부터 아주 흥미로운 곳을 갔다. 바로 세계 3대 박물관 중 하나인 루브르 박물관을 갔다. 우리는 루브르 박물관에 도착해 관람을 시작했다. 난 박물관에서 꽤 많은 것을 본 것 같은데 기억나는 것이 하나밖에 없다. 바로 모나리자이다. 모나리자는 눈썹이 없는데도 모습이 인자하고 아름다웠다. 미술에 깊은 관심은 없었지만 그 모습은 감탄하기에는 부족함이 없었다.

루브르 박물관을 마치고 파리대학으로 향했다. 이곳 대학은 학부에 따라 파리1대학부터 13대학이 있다. 우리가 간 곳은 파리4대학으로 소로본 파리대학이다. 이곳은 문예학, 언어학, 음악, 사학을 가르치는 곳이다. 외관만 보고 캠퍼스 내부는 보지 못했다. 그러나 이곳 출신들이 프랑스 사회에 많이 진출해 유명하기도 하다. 파리대학을 구경하는 데 비가 너무 많이 와서 불편했다. 그러나 누구 하나도 불평하지 않고 가이드 선생님의 말씀을 들었다. 대학교에서 마치고 판테온을 갔다. 판테온은 지하 무덤이다. 이곳은 프랑스 대혁명 전까지는 성당으로 사용했는데 그 후로는 자유를 위해 희생된 사람들의 무덤으로 사용된다고 한다. 이곳에 묻힌 사람들을 보면 퀴리 부인과 『장발장』을 쓴 빅토르 위고와 볼테르와 룻 등 약 77명의 위인들이 묻혀 있다고 한다. 지하는 웅장하고 어두운 분위기였다. 판테온으로 오는 동안 비를 너무 많이 맞아서 모든 옷이 젖었는데 이곳을 구경하면서 대부분 말랐다.

우리는 판테온에서 나와 콩코드 광장으로 향했다. 콩코드 광장은 루이 16세와 그의 부인 마리 앙투아네트가 단두대로 목이 잘린 곳이다. 오래전 많은 사람들이 처형을 당한 곳이지만 지금은 평화로운 광장의 모습만 남아 있다. 우리들은 이곳에서 자유의 시간을 얻어 앞에 있는 튈릴리 공원에 들어가서 친구들과 놀이기구를 탔다. 외국에서 놀이기구를 타는 느낌이 색달랐다. 그러나 비용이 너무 비싸서 아깝기도 했다. 어느덧 모여야 할 약속 시간이 다 되고 우리들은 장소로 향했다. 시간에 늦으면 벌금을 내야 하기에 우리는 서둘렀다. 나는 그때에 운동화가 아닌 슬리퍼를 신고 있었기에 달리는 데 불편했지만 늦지 않으려고 엄청 달렸다. 놀이기구와 만나기로 한 약속 장소와는 약 1킬로미터 정도인데 거의 3분 만에 도착한 것 같다. 늦지 않으려고 노력해 시간을 맞추었다.

우리의 프랑스 여행은 거의 마무리 되어 가고 있었다. 아름다운 도시 파리! 에펠탑이 우리를 황홀하게 해 주었고 베르사유 궁전이 가슴을 시원하게 해 주었다. 집시들이 긴장하게도 했지만 그렇게 밖에 살 수 없는 그들을 보면서 우리가 얼마나 감사한지 깨달을 수가 있었다. 이제 우리는 스위스로 향해야 한다. 테제베를 타고 스위스를 가기 위해 프랑스 역으로 향했다. 저녁은 도시락으로 해결해야 했지만 모두가 즐겁게 먹고 스위스로 향했다. 밖에 경치를 구경하면서 얼마나 갔을까 스위스 제네바에 도착했다. 날은 어두워지고 가이드 선생님과 만나 호텔로 향했다. 그런데 이 호텔의 위치가 스위스가 아닌 다시 프랑스 영토라고 해서 의아하게 생각했다. 스위스의 기대감과 프랑스의 아쉬움을 가지고 잠자리에 들었다.

나의 사랑 프랑스

세계의 명작들이 걸려 있는 베르사유 궁전!
프랑스 혁명이 일어난 콩코르드 광장!
전쟁의 승리를 축하하며 들어오는 개선문!
왕들의 놀이터 베르사유 궁전!
아름다운 명품의 샹젤리제 거리!
하늘을 향해 두 팔 벌리고 있는 에펠탑
조용히 침묵하며 흐르는 센 강!
거리의 방랑자 집시!
그를 피해 달아나는 듯 하는 사람들!
이 모두가 있어서 매력적인 나라 프랑스!

스위스에서 이탈리아로 ^{8월 8일}

　　프랑스에서 4시간 동안 테제베를 타고 우리는 스위스 제네바에 도착을 했다. 기차에서 3시간을 잠으로 보낸 나는 스위스에 도착해서도 여전히 피곤했다. 기차에서 내려도 나는 가방을 매고 서서 잠을 자고, 버스를 기다리는 동안 땅에 앉아서도 자고, 버스가 오자 버스를 타는 줄 입구에서 자고, 버스에서 타서 가이드와 인사를 하는 도중에도 잠을 잤다. 그렇게 나는 스위스와 첫 인사를 잠으로 시작했다. 기차에서 내려서 잠만 잤던 나는 스위스의 풍경을 볼 틈이 없었다. 그렇게 버스를 타고 우리는 호텔로 바로 갔다. 우리는 버스 안에서 가이드와 인사를 하면서 난 여전히 잤다. 옆에 앉은 룸메이트가 자꾸 깨웠지만 나는 꿋꿋하게 잤다. 그렇게 버스는 약 10분 뒤 호텔에 도착했다. 하지만 나는 버스에 내려서도 서서 잤다. 그렇게 나와 룸메이트는 방으로 거의 날아가듯이 뛰어간 다음 옷만 대충 벗고 잠을 잤다. 그렇게 스위스 일정이 시작되었다. 아침에 일어나 보니 룸메이트가 샤워를 하고 있었다. 전날 밤 씻지 못한 룸메이트가 나오자 나도 샤워를 했다. 스위스는 좀 추웠다.

시원하게 샤워를 마친 나와 룸메이트는 밥을 먹으러 식당으로 내려갔다. 식당으로 내려갈 때 '오늘도 빵이구나.' 하는 생각으로 아침을 해결하고 버스에 몸을 실었다. 그렇게 대충 아침 식사를 마친 뒤 나는 신속하게 가방을 싼 다음 로비로 내려갔다. 그렇게 스위스의 여행이 시작되었다. 제일 먼저 우리는 UN본부를 갔다. UN하면 제일 먼저 반기문 사무총장이 생각났다. 우리는 본부 앞에서 약간의 자유 시간을 가졌다. 본부 앞에 작은 분수대가 있었다. 유엔은 세계의 곳곳에 분열과 어려움이 있는 곳에 평화를 유지하기 위해 노력하는 기관이라 생각한다. 그 일을 총 지휘하는 분이 우리나라의 자랑스러운 반기문 사무총장님이다. 이곳에 와 보니 새삼 대한민국의 사람이라는 것이 자랑스럽고 어깨에 힘이 들어갔다. 동양에 작은 나라이지만 세계의 많은 부분에서 우리의 힘이 드러나고는 한다.

그 앞에는 다리 하나가 부서진 의자가 있었다. 그 상징은 세계의 많은 장애인들을 위한 상징물이라고 한다. 장애는 태어날 때부터 가지고 있는 사람도 있지만 후천적인 사고로 생기는 사람이 더 많다고 한다. 장애인은 우리와 조금 다른 사람이지 차별해야 할 대상은 아니라고 생각한다. 갑자기 조금 미안한 마음이 들었다. 예전에 친구들과 장애인을 만났을 때 친절하게 대해 주지 못한 것이 마음에 걸렸다. 그 사람들은 우리보다 훨씬 힘든 삶을 살고 있을 텐데 우리가 더 힘들게 하고 있지는 않은지 반성하는 시간을 가졌다. 우리는 그곳에서 게임을 했다. 가위바위보를 해서 진 사람이 물이 솟아오르는 분수대 안으로 들어가는 것이었다. 그런데 공교롭게도 내가 걸렸다. 나는 약속대로 분수대로 향했고 옷은 물에 다 젖어 버렸다. 그러나 조금 지나니 옷은 말랐다. 우리는 다시 버스에 타고 다음 장소로 이동을 했다.

다음 장소는 레만 호수였다. 레만 호수는 스위스와 프랑스 영토로 나누어져 있었다. 이 호수는 알프스의 눈이 녹아서 이루어진 호수라고 하는데 그 깊이가 바다같이 깊다고 했다. 가운데의 분수는 지상으로 200미터까지 올라간다고 했다. 버스를 타고 호수 주위를 돌고서 우리는 스와치 시계가 있는 면세점으로 갔다. 스위스하면 역시 시계가 제일 먼저 생각난다. 매장에 들어가니 모든 것이 다 아름다웠다. 어떤 사람이 말했다고 한다. 세상에서 가장 아름다운 것이 두 가지가 있는데 그중에 하나가 스위스 시계이고 다른 하나는 여자의 몸이라고…. 맞는 것 같았다. 시계를 구경하고 있는데 엄마가 시계 하나를 골라 보라고 하셨다. 나는 시계 하나를 고르고 일행 중 누나가 14가지 장치가 들어있는 맥가이버 칼을 산다고 해서 가족 몰래 내 돈으로 그 칼을 나도 샀다. 부모님이 알면 안 되기에 포장지는 없애 버리고 내용물만 가지고 나왔다. 나는 여유롭게 웃으면서 아무 일도 없었던 듯 엄마 옆으로 지나가며 매장을 나왔다.

매장에서 일을 끝낸 우리들을 알프스 몽블란 산까지 달려갔다. 알프스까지 가는 동안 약 2시간이 걸렸는데 나는 버스 안에서 칼을 꺼내 탐사

를 했다. 다양한 용도가 있었고 섬세하게 만들어져 있었다. 스스로 흐뭇했다. 그렇게 2시간이 지난 뒤 우리는 알프스에 도착해 점심을 먹었다. 점심은 우리나라의 샤브샤브 같은 것인데 튀겨 먹는 것이었다. 맛은 있었는데 내가 먹기에는 양이 너무 적어서 아쉬웠다. 식당을 나가려 하는데 아는 형이 가이드 선생님과 스테이크를 먹고 있었다. 형이 불러 스테이크를 함께 먹었는데 맛은 별로였다. 점심을 현지식으로 먹고 드디어 알프스 산 중에 몽블란 산을 오르기로 했다. 그 봉우리는 에귀디미디 봉우리다. 이 몽블란 산 중에서 가장 높고 경치가 아름다운 봉우리라고 한다. 높이가 무려 4,000미터에 가깝다고 한다.

케이블카를 타고 정상을 향했다. 케이블카 안에는 다양한 국적을 가진 사람들이 타고 있었다. 그러나 그중에서 소리를 내며 대화를 하고 큰 소리가 나는 사람들은 우리나라 사람뿐이었다. 스스로 반성했다. 다른 사람을 위해 배려하는 이곳 사람들의 삶을 본받고 싶었다. 그런 생각을 하면서 얼마나 갔을까 정상에 도착했다. 정상이 춥다는 소리를 듣고 긴 옷과 약간 두꺼운 옷을 가져왔지만 그렇게 춥지는 않았다. 그곳에서도 우리들의 장난기는 발휘되었다. 가위바위보를 해서 진 사람이 윗옷을 벗고 사진을 찍는 것이었다. 다행히 형이 걸렸다. 그 형은 윗옷을 벗고 태극기를 들고 사진을 찍었다. 나도 따라하고 싶었지만 참았다. 정상에서 바라본 풍경은 말로 표현할 수 없을 만큼 좋았다. 자연의 위대함과 아름다움을 모두 본 것 같았다. 정상에서 가족사진과 친구들과 사진을 찍고 내려오기 시작했다. 내려오는데 많은 사람들이 걸어서 올라가는 것을 보았다. 위험할 것이라는 생각도 했지만 멋있겠다는 생각도 가졌다. 우리는 몽블란 산에서 내려와 이탈리아 밀라노로 향했다. 스위스의 짧지만 감동작인 장면이 머리에서 떠나지 않고 있는데 이탈리아로 향해야 하니 아쉬웠다. 한참을 달려 우리의 차는 밀라노에 도착했다. 그곳에서 가이드 선생님을 만나고 저녁으로 피자를 먹었다. 맛은 있었지만 우리나라에서 먹는 피자보다는 못했다. 역시 우리 것이 최고였다. 그러게 피자를 먹고 두오모 성당을 보러 걸어서 갔다. 밀라노는 패션의 도시인 것이 새삼 느껴졌다. 거리가 잘 꾸며져서 구경하기에 좋았다. 사람이 옷을 잘 입는 것도 중요할 것이라 생각했다. 옷은 그 사람에게 날개라고 했는데 나도 나중에 옷을 잘 입고 싶다. 성당을 구경하고 오늘 저녁 피로를 풀 호텔로 향했다. 내일부터 시작되는 이탈리아의 여행이 기대된다.

스와치

산등성처럼 너울너울
아름다운 너의 모습
여인의 몸매처럼
가냘픈 그 자태
한 치의 오차 없이
흘러가지만
그 흐름은 폭풍처럼
빠르기도 하다.
내 남은 시간도
바람처럼 급하게도 간다.
인생은 시계처럼
돌고 돌며
하염없이 흐른다.

로마의 아침이 열리다 ^{8월 9일}

　　　　　　　로마의 아침은 열렸지만 나는 오늘 아침도 빵으로 시작했다. 이곳 사람들에게는 평범한 일상이고 식사겠지만 나에게는 이제 이곳 음식이 싫어지고 한국의 김치찌개와 된장이 그리워진다.

　그렇게 먹는 둥 마는 둥 대충 먹고 짐을 챙겼다. 아침을 그렇게 해결하고 우리는 3시간을 달려서 피사의 사탑에 도착했다. 피사의 사탑하면 그냥 기울어진 탑으로 알고 있는 것이 내가 가지고 있는 지식의 전부이다. 주변에는 상점들이 많이 늘어져 있고 그 상점 주인들은 우리가 한국에서 온 것을 아는 듯이 우리말을 하고 있었다. 두 개에 천 원, 3개에 천 원! 익숙한 고함 소리이다. 갑자기 내가 남대문 시장이나 동대문 시장에 와 있는 듯한 착각이었다. 이유를 물어보니 이곳에 우리나라 사람들이 관광을 많이 오고 물건을 많이 사 준다고 한다. 우리는 정에 약해서 그런 것 같다. 나를 보더라도 그리 많이 필요하지 않아도 순간 유혹에 못 이겨 사는 경우도 있기 때문이다. 그리고 점원이 붙잡고 애원이라도 하면 사 줄 때가 있기에 이곳 사람들도 그것을 노리는 것이었다. 나는 친구들과 노점을 구경하고 아이스크림을 사 먹으며 즐거운 시간을 보냈다. 사탑을 배경으로 사진도 찍고 폼도 잡아 보았다. 피사의 사탑 사진을 보면 대부분이 손으로 사탑을 밀고 있는 사진을 볼 수 있었다. 나도 그런 포즈로 사진을 찍고 아이스크림 맛을 음미했다. 레몬 맛을 먹었는데 괜히 먹었다는 생각이 든다. 단맛은 거의 나지 않고 신맛이 많이 났다. 몸에 좋은 약이 입에 쓴 것처럼 그냥 직접 갈아서 얼린 것 같은 깔끔한 맛이었다.

친구 중에 한 명이 아버지에게 드릴 벨트를 사면서 깎아 달라고 했다. 역시 노점인지 바로 깎아 주었다. 그렇게 우리는 보라는 유적지는 조금만 보고 노점상에 빠져 있었다. 사탑 탐사가 끝나고 우리는 걸어서 중국집에 도착했다. 중국 고유의 돌아가는 식탁이 있는 식당이었다. 이른바 식탁에서 먹는 뷔페였다. 아침마다 빵만 먹는 나는 쌀을 보자 순간적으로 초인적인 힘으로 밥과의 만남을 가졌다. 비록 한식은 아니었지만 쌀이었기 때문에 그냥 먹었다. 왜인지 반찬은 거의 안 먹고 쌀만 먹은 기분이었다. 점심을 먹고 우리는 로마로 이동했다. 로마까지 가는 데는 6시간이 넘게 걸렸다. 유럽에는 버스 기사가 2-3시간마다 30분씩 쉬어야 한다는 법이 있다고 한다. 우리는 3시간에 한 번 쉬었다. 3시간 동안 버스를 타고 우리는 휴게소에 내렸다. 그런데 이곳의 휴게소 문화를 보면 고속도로를 몇 시간 달려도 휴게소를 보기가 어렵다는 것이다. 갑자기 화장실이 필요한 사람들은 과연 어떻게 할까 궁금했다. 우리나라는 20분만 가면 깨끗한 휴게소가 있는데 이곳의 휴게소는 초라하고 화장실도 돈을 내야 하고 깨끗하지가 않았다. 선진국의 휴게소가 왜 이럴까 생각해 보았다. 우리나라의 휴게소가 너무 잘 되어 있구나 생각을 했다. 정말 나라를 떠나 보아야 애국자가 되는가 보다. 우리나라처럼 모든 것이 편리한 나라는 지금까지 다녀 본 나라 중에서 없는 것 같다. 그런데도 나는 그것을 감사하기보다는 당연하게 생각을 했던 것이다. 우리나라의 휴게소는 얼마나 다양한 음식과 볼거리가 많은지 생각을 했다.

그렇게 30분이 지난 뒤 우리는 다시 버스에 올랐다. 버스를 타고 우리는 3시간 동안 달려 로마에 도착했다. 로마에서 우리는 저녁 식사로 한식을 먹었다. 메뉴는 육개장이었다. 뚝배기 그릇이 아닌 넓은 냄비에서 그릇으로 덜어 먹었다. 그런데 이상한 것이 있었다. 이곳에 있으면서 작은 빵 하나만 먹어도 금방 배가 불렀는데, 쌀은 아무리 먹어도 더 먹을 수 있었다.

그렇게 나는 만족스러운 식사를 마치고 배를 두들기며 나왔다. 내가 가장 많이 먹었다는 사실을 가지고 나왔는데 알고 보니 스위스 알프스 산 정상에서 윗옷을 벗고 사진을 찍은 형은 공기밥을 4공기나 먹었다는 사실을 알았다. 그 소식을 듣는 순간 모든 것은 그 형이 최고라는 생각을 했다. 육개장은 우리의 것이기에 최고였다. 그런데 기사님도 우리 음식을 아주 잘 드셨다. 저녁을 행복하게 먹은 우리는 외각에 있는 호텔에 도착했다. 유럽의 중심지 로마! 아니 세계의 중심지인 로마에 도착한 기분이 야릇했다. 숙소에서 짐을 풀고 우리는 조별로 모여 하루를 되돌아보았다. 많은 이동을 하고 많은 사건들이 있었다. 저녁에 아빠가 이곳의 맥주를 한번 먹어 보자는 제의로 나는 조금 마셨다. 선생님이 알면 혼을 내시겠지만 아빠와 함께였으니 조금 안심이 되었다. 이곳 숙소에서 3일간을 머무른다고 하셨다. 내일부터 시작되는 로마의 본격적인 여행이 기대된다.

두 얼굴의 로마 ^{8월 10일}

로마에서의 두 번째 아침이 밝았다. 역시 아침은 빵이었다. 유럽에 와서 평생 먹을 빵을 여기에서 다 먹는 기분이다. 식당에서 빵 한 조각과 주스 한 컵을 억지로 먹고 방으로 올라갔다. 어제 빨아 둔 옷을 만져 보니 다 말라 있어서 기분이 좋았다. 그리고 룸메이트가 오늘은 자신이 빨래를 한다고 했다. 나는 잘 마른 옷들을 접어서 가방에 차곡차곡 쌓아 넣은 뒤 세수를 했다. 할 것이 없는 나는 오늘 쓸 물건들을 챙겨서 방에서 나왔다.

그리고 다른 친구 방에 들어가서 그냥 티브이를 보았다. 이렇게 아침에 별로 할 일이 없는데 일찍 일어나서 나온 것이 아쉬웠다. 음악을 들으며 로비로 향했다. 모두들 피곤한 얼굴들이었다. 거기서 빵과 시리얼을 아주 맛있게 드시던 우리 아빠가 보였다. 한국에서는 시리얼은커녕 빵도 잘 안 드시는 분이신데 유럽에 와서 우리보다 일찍 일어나셔서 시리얼을 드시고 계셨다. 그렇게 로마에서의 두 번째 여행이 시작되었다.

제일 먼저 우리는 카타콤베를 갔다. 카타콤베는 기독교 신자들이 황제의 눈을 피해 살던 지하 동굴이다. 그때 당시 황제는 자신을 제외한 모든 것을 믿지 못하게 했기 때문에 기독교 신자들을 매우 핍박했다. 그렇게 설명을 들으면서 우리들은 카타콤베에 도착했다. 오늘 간 곳은 전부 로마 주변이라 거의 20분 안에 도착했다. 카타콤베에 도착하자 우리는 잠깐 가이드 선생님과 떨어져서 외국인 가이드와 들어갔다. 외국인 가이드 선생님이 녹음기를 목에 걸고 우리와 함께 들어갔다. 외국인 가이드 선생님이 녹음기를 틀어 주셨다. 그 녹음기에서 한국어로 카타콤베에 대한 설명이 나왔다. 지하라 그런지 역시 서늘했다. 시원한 바람을 맞으며 우리는 카타콤베에서의 관광을 마쳤다. 마지막에 외국인 가이드 선생님이 한국어로 "안녕히 가세요."라고 했던 것 같다. 카타콤베를 잠깐 보았지만 자신들의 신앙을 지키기 위해 이 어두운 곳에 숨어 살았다는 것이 대단해 보였다.

시원한 카타콤베에서 나오니 다시 뜨거운 열기가 우리를 덮쳤다. 하지만 이것도 공부라 생각하고 차에 올랐다. 차는 우리를 다음 장소인 트레비 분수 근처에 내려 주었다. 조금 걸어서 트레비 분수에 도착했다. 트레비 분수에서 우리는 자유 시간을 가졌다. 자유 시간을 가지면서 우리는 본젤라또 아이스크림을 먹었다. 하지만 난 아이스크림을 사지 않고 친구들것을 뺏어 먹었다. 근데 제일 작은 사이즈를 사도 2-3명이서 먹을 정도로 양이 많았다. 본젤라또를 먹다가 나는 다른 사람들이 피자를 먹는 것을 보았다. 길거리에서 피자를 먹다니 신선한 기분이었다. 나는 친구들과 함께 가장 싼 피자를 먹었다.

한 조각이 우리나라 피자 2조각 크기만 했다. 먹고 나니 나는 약간 느끼함을 느꼈다. 그렇게 다시 본젤라또를 뺏어 먹으러 갔다. 먹고 나니 배가 불렀다. 먹고 나는 소화도 시킬 겸 트레비 분수를 보러 갔다. 분수가 참 크고 아름다웠다. 그곳에는 동상이 있었다. 물의 신 포세이돈과 그의 말이 있었던 걸로 기억한다. 트레비 분수는 아름다웠지만 공사 중이어서 모든 것을 볼 수는 없었다. 친구들과 돌아다니며 아이스크림을 먹고 피자를 먹고 이곳저곳을 구경한 것이 전부인 것처럼 느껴진다. 동전을 하나 던져 보지도 못하고 왔다. 분수에서의 짧은 시간이 흘렀다. 우리는 기념사진을 찍고 다음 장소인 전쟁기념관으로 갔다.

근데 전쟁기념관에서는 그냥 사진만 찍고 바로 다음 장소로 향했다. 기념관을 갔다가 콜로세움까지 걸어갔다. 걸어서도 별로 시간이 걸리지 않앉으므로 금방 도착했다. 콜로세움 하면 역시 검투사, 검투사하면 역시 영화 "글래디 에이터"가 생각난다. 내가 좋아하는 영화 중에 하나이다. 검투사들은 대부분 노예 검투사였다. 서로 칼로 찌르고 싸워서 이겨야만 살아남는 것이다. 때로는 사자와도 싸우게 했고, 물을 채워 넣어 수중전을 펼치기도 했다. 사람은 피를 보면 흥분했기 때문에 그때 당시 사람들이 얼마나 타락했을지 알 것 같다. 콜로세움에서 시간을 마치고 밥을 먹으러 갔다.

점심을 한식으로 먹고 우리는 로마의 또 다른 작은 나라 바티칸을 향했다. 바티칸시국에 도착하자 많은 사람들이 입장하기 위해서 길게 줄을 서고 있었다. 그 길이가 몇 백 미터는 될 것 같았다. 우리는 입장료를 조금 비싸게 주고 바로 들어갈 수 있는 것을 예약했기에 다행이었다. 가이드는 소매치기를 조심하라고 말했다. 프랑스, 이탈리아 같은 곳은 소매치기가 많으니깐 조심해야 한다. 바티칸에서는 남녀가 2인조로 짝을 지어 소매치기를 한다고 한다. 남자는 덩치가 매우 크고 여자는 작다. 남자가 몸으로 가릴 때 여자가 가방을 뒤지고 도망가는 이른바 치고 빠지기를 선사한다. 다행히도 우리 일행 중 소매치기를 당한 사람은 없다. 바티칸 박물관에서 여러 것들을 보았다. 그중 성 베드로 성당이 생각난다. 그러나 특별한 기억은 없다.

그렇게 오늘 일정을 마치고 숙소로 들어왔다. 그런데 꽤 일찍 들어와서 그런지 이제야 해가 지고 있었다. 그때 룸메이트가 빨래를 하고 밖에 널기 시작했다. 어제 빨래를 마친 나는 신발만 밖에 던져 놓았다. 오랫동안 걸어서 냄새가 나기 때문에 수시로 신발 냄새를 제거했다. 신발도 빨까? 하다가 말았다. 오늘 하루 로마의 많은 것들을 보았다. 사람들이 많아서 놀랐고 모든 시내의 건물들이 다 유적지이고 문화재라는 사실에 또 놀랐다. 로마는 정말 뚜껑 없는 박물관이다. 이렇게 많은 유적지를 후손들에게 물려준 조상들이 부러웠고 그것으로 편하게 살아가는 이탈리아 사람들이 부럽기도 했다.

여기가 나폴리? ^{8월 11일}

로마에서 셋째 날이 밝았다. 오늘은 일정이 많지 않다. 오늘은 로마의 외각지에 있는 소렌토와 폼페이 그리고 나폴리를 가는 날이다. 처음에 우리는 소렌토를 갔다. 소렌토까지 가는데 약 1시간 정도가 걸렸고 역시 가는 동안 우리는 차에서 잠만 잤다.

그렇게 자고 일어나니 아름다운 소렌토에 도착했다. 바다를 등지고 높은 곳에서 사진을 찍었다. 친구 한 명이 오토바이 타는 흉내를 내면서 오토바이 타고 가는 사람한테 손을 흔드니깐 몇몇 사람들은 미소를 보냈지만 다른 한 사람은 웃으면서 가운데 손가락을 올렸다.

나와 내 친구들이 웃으면서 쳐다보았다. 소렌토에서 감상을 마치고 우리는 한 상점에 들렀다. 상점에 들러서 이것저것을 구경하고 화장실을 갔다. 너무도 고약한 냄새로 우리는 숨을 쉴 수가 없었다. 가게에서 물건은 너무 비싸 사지 않고 다음 장소인 폼페이를 향했다.

폼페이는 오랫동안 화산재에 묻혀 있다가 세상에 등장한 도시이다. 폼페이 시민들은 사치와 향락에 빠져서 살아가다가 신의 심판을 받은 느낌을 받았다. 바로 베수비오 화산의 폭발이다. 아무것도 모른 채 술에 취해 향락을 즐기다가 화산재에 잠긴 것이다. 화산이 폭발하면 화산재가 하늘을 덮으며 바람에 밀려 쌓이기 시작하고 돌덩이들도 날아온다. 베수비오 화산이 폭발했을때 폼페이 시민들은 도망칠 겨를도 없이 화산재에 묻힌 것이다. 실제로 보니 너무 안타까웠다.

폼페이를 돌아다니다가 진짜 화산재에 덮여 미라가 된 사람들을 보았는데, 마치 울퉁불퉁한 동상을 보는 기분이었다. 미라가 된 사람들 중에는 임산부, 아이, 의사 등 다양한 사람들이 있었다.

이탈리아에 베수비오 화산이 있다면 우리는 베수비오 화산보다 더 위력적인 힘을 지닌 백두산이 있다. 백두산의 화산이 폭발하면 천지에 고인 엄청난 물이 폭발할 것이고 화산재는 엄청날 것이다. 그 피해는 중국과 북한 일본 그리고 우리나라까지 영향을 줄 것이다. 갑자기 두려운 생각이 들었다.

그런 생각으로 폼페이에서의 더운 일정을 마치고 우리는 다음 장소인 나폴리 항구로 갔다. 나폴리 항구는 세계의 아름다운 3대 항구 도시로 불려 기대를 했지만 더러웠다. 우리나라에도 아름다운 항구 도시가 있다. 바로 통영이다. 통영에 가면 한국의 나폴리라는 문구가 많이 쓰여 있다고 한다. 그러나 나폴리는 아파트의 많은 집들이 빨래를 널어놓은 것이 인상적이었고 도로가 너무 울퉁불퉁해 차가 다니기 불편하다는 느낌을 받았다. 우리들은 기념사진을 찍고 하루의 일정을 마쳤기에 저녁을 먹으러 한식집으로 갔다. 저녁 메뉴는 한식 제육볶음이었다. 먹고 나니 기분이 좋았다. 오랜만에 쌀을 먹으니 확실히 힘이 난다.

그렇게 맛있는 저녁을 먹고 호텔로 돌아갔다. 근데 아직 해가 하늘에 떠 있고 노을이 내리고 있었다. 나는 노을을 보며 앞으로 남은 시간을 계산해 보았다. 계산해 보니 얼마 남지 않았다. 이곳의 생활이 좋았고 익숙해서인지 집으로 간다는 것이 싫었다.

집에 가기 싫다.

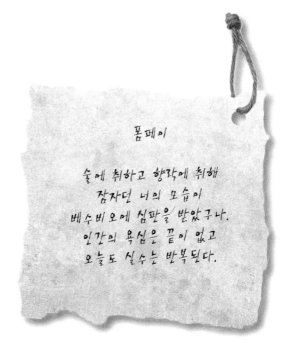

폼페이

술에 취하고 향락에 취해
잠자던 너의 모습이
베수비오에 심판을 받았구나.
인간의 욕심은 끝이 없고
오늘도 실수는 반복된다.

아름다운 도시 피렌체 ^{8월 12일}

로마에서의 마지막 날, 아침이 밝았다. 아침에 짐을 싸고 밖으로 나갔다. 버스에 오르니 오늘은 이동 시간이 오래 걸린다고 했다. 제일 먼저 피렌체를 향해 달렸는데 도착하기까지의 시간이 2시간 정도 소요되었다.

가는 동안 가이드 선생님께서 이야기를 해 주셨는데, 거의 비몽사몽한 상태로 자서 기억이 잘 안 난다. 가이드 선생님께서 가끔씩 자지 말라고 큰소리로 얘기하셨지만 그래도 몇몇은 잤다. 몇 명은 선글라스를 끼고 듣는 척을 하며 잤다. 그중 한 명이 나였다. 그렇게 듣다 보니 잠은 쏟아지고 비몽사몽 한 상태에서 선생님 말씀을 들었다. 선생님 말씀이 끝나기 무섭게 전원 취침에 들어갔다. 그렇게 도착하는 시간까지 우리는 깊은 잠에 빠졌다.

그렇게 우리는 피렌체로 향했고 거의 도착 직전에 미켈란젤로 언덕에서 피렌체에 대한 설명과 시내 구경을 했다. 언덕이 높은 곳에 있어서 피렌처의 시내가 모두 두 눈에 들어왔다. 설명을 다 듣고 다시 피렌체 시내로 들어갔다. 피렌체는 매우 넓었다. 그곳에서 나는 말을 보았다. 그중 몇 마리들은 꼬리를 땋은 말도 있었다. 우리는 자유 시간을 얻어서 친구들과 함께 시내를 구경했다. 사람들이 많았고 우리나라에서 여행 온 사람들도 많았다. 가끔은 내가 우리나라에 있는 듯한 착각을 하게 했고 우리나라가 잘살고 있다는 생각을 했다. 피렌체에서 성당과 광장을 구경하고 사진을 친구들과 찍고서 시뇨리아 광장을 향해 걸어갔다. 피렌체의 모든 일정을 마치고 우리는 버스에 올랐다. 버스에서 한 아주머니가 나에게 맥가이버 칼을 빌려 달라고 했다. 빌려 드리고 보니 칼로 사과를 깎고 계셨다. 보통 사람들은 끈적거릴 거라며 인상을 썼겠지만 나는 별 감정 없었다. 그냥 쓰시고 휴지로 한번만 닦아 달라고 했다. 그 일 이후로도 내 맥가이버 칼은 여러 곳에 쓰였다. 일행 중 형의 선글라스 나사가 풀려서 드라이버를 빌리기도 했고, 밤에 맥주병을 따는데도 쓰이기도 했다.

우리는 단테의 생가가 있는 근처에서 내렸다. 비가 오는 관계로 그냥 사진만 찍고 설명을 좀 들었다. 단테는 『신곡』이라는 작품으로 세상에서 유명한 소설가이다. 그러나 나는 이 소설을 읽지 못해서 단테가 얼마나 위대한 사람인지는 잘 모른다. 그리고 어떤 생각을 가지고 있는 사람인지도 모른다. 우리는 그 유명한 우피치 미술관을 보고 버스에 올라 베네치아로 향했다. 이곳은 이탈리아에서의 마지막 코스이다. 버스를 타고 한참을 가기에 많은 사람들은 잠을 자고 있었다. 호텔에 도착해 짐을 풀고 식당으로 향했다.

저녁 식사 메뉴는 스파게티와 스테이크였다. 먹고서 부족한 사람은 "딴또"라고 말하면 더 줬다. 딴또가 이탈리아어로 '더'라는 뜻인가 보다. 그렇게 맛있는 저녁을 먹고 나니 후식으로 수박이 나왔다. 수박이 참 컸다. 그렇게 우리는 씻고 글을 썼다. 오늘은 참 한 일이 없었다. 꼭 쉬어 가는 날 같았다.

물의 도시 베네치아 ^{8월 13일}

아침이 되었다. 여느 때와 다름없이 빵과 주스로 아침을 해결하고 내려와서 짐을 차에 실었다. 그때 우리 조 선생님께서 우리 조 남자들만 불렀다. 다 모이고 나니 선생님께서 매우 심각한 표정으로 우리들을 혼내셨다. 혼난 이유는 어제 술을 마셨기 때문이다. 술을 마신 것까지는 괜찮았는데 우리가 마신 장소가 잘못되었다고 한다. 우리는 술을 방에서 마시지 않고 로비에서 마셨다. 학생들이 로비에서 술을 마신다는 소문이 호텔 전체에 퍼져서 그 소문이 우리 한국인 일행 귀까지 들어갔기 때문이다. 그렇게 우리는 한번 혼나고 선생님이 벌을 오스트리아에 가서 받는다고 하셨다. 그렇게 우리는 아침부터 혼나고 그날 일정을 시작했다. 베네치아에서 배를 타고 여러 곳을 들렀다. 처음으로 산마르코 광장에 모여서 설명을 듣고 단체 사진과 기념사진을 찍었다. 우리는 조별로 흩어져 자유시간을 갖기로 했다. 우리 반은 전날 밤에 게임을 해서 진 사람들이 낸 벌금으로 피자를 사 먹기로 했다. 그렇게 우리는 베네치아에서 조각 피자와 콜라를 마셨다.

돌아다니다가 엄마가 날 부르셨다. 가 보니 그곳은 지갑이나 가방을 팔던 곳이었다. 내 지갑이 다 찢어진 줄 아시고 지갑을 사 준다고 하셨다. 안 그래도 동전과 지폐 그리고 카드를 넣어야 할 지갑이 필요했던 나는 지갑을 사게 되었다. 그렇게 나는 새 지갑을 갖고 가지고 있는 돈을 헌 지갑에서 빼내 새 지갑에 다 넣었다. 새 지갑은 이탈리아산 소가죽 지갑이었다. 나는 새로 산 지갑을 자랑했다. 그리고 헌 지갑은 남은 돈이 있는지 꼼꼼히 체크를 하고 그냥 버렸다.

기쁜 마음으로 다음 장소인 탄식의 다리를 갔다. 탄식의 다리는 죄를 지어 감옥에 갈 때 죄수들이 탄식하며 들어갔던 다리라고 한다. 그런데 카사노바가 감옥에서 이 다리를 통해 탈출을 해 더 유명해진 다리라고 한다. 카사노바는 많은 여자들을 꾀어서 바람을 많이 피운 남자라고 한다. 베네치아 관광을 마치고 우리는 다시 배를 타고 식당으로 향했다. 점심밥은 비빔밥으로 먹었다. 점심을 먹기 전에 면세점에 들러 여러 가지 기념품을 샀다. 엄마는 올리브오일과 비누 등을 샀다. 면세점에는 한국말을 하는 직원들도 있었다. 점심과 관광을 모두 마치고 3박 4일 동안 함께 했던 가이드 선생님과 헤어지게 되었다. 우리들에게 많은 지식과 즐거움을 주었던 가이드라 생각이 많이 날 것 같았다.

우리는 가이드와 헤어져 몇 시간을 걸쳐 오스트리아 인스부르크에 도착했다. 오스트리아에서 저녁으로 수프, 샐러드, 스테이크가 나왔다. 친구들은 샐러드를 먹기 싫어했지만 안 먹으면 선생님이 디저트를 뺏는다고 협박하셔서 끝까지 먹었다. 원래 음식을 잘 가리지 않는 나는 남기지 않고 배불리 먹었다. 그렇게 우리는 저녁을 먹고 우리들을 오스트리아에서 독일까지 안내해 주실 가이드 선생님을 만나고 오스트리아 인스부르크의 마리아 테레지아 거리를 구경하고 황금의 작은 지붕을 보았다. 그리고 우리는 슈퍼마켓에 들러서 작은 간식거리를 사고 호텔로 갔다. 호텔에 도착하자 선생님은 어젯밤에 잘못한 우리들을 깨우치기 위해서 호텔 주인에게 양해를 구하고 식당에 모였다. 처음에는 이야기를 듣다가 벌을 받았다. 선생님께서는 호기심으로 한번만 마신 사람은 봐주신다고 하셨다. 물론 나와 몇몇 사람들은 그렇지 않기에 도움을 받아야 했다. 선생님께서 앉았다 일어나기를 300회하라고 하셨다. 그리고 선생님도 100회를 하셨다. 앉았다 일어설 때마다 "술을 마시지 않겠습니다."를 외쳐야만 했다.

나는 200회까지 하다가 선생님께서 그만을 외쳤다. 하고 나니 우리들의 숨은 턱까지 차올랐다. 그렇게 헥헥 대다가 선생님께서 방에 들어가서 글을 쓰고 검사 맡으러 오라고 하셨다. 그렇게 우리는 근육이 뭉친 다리를 끌고 방까지 뛰어갔다. 그리고 글을 다 쓰고 다시 다리를 끌고 선생님 방까지 갔다. 통과를 맡은 나는 밤에 몰래 자판기에서 맥주를 뽑아 마셨다. 왠지 혼나고 마시니깐 더 맛이 있었다. 룸메이트에게는 콜라를 마시게 하고 나는 맥주를 마셨다. 맥주는 우리나라 것보다 약하고 싱거웠지만 맛있었다.

어느덧 여행도 이틀밖에 안 남았다는 것을 알았다. 유럽에 온지가 엊그제 같은데 벌써 이렇게 시간이 흘렀다 생각하니 한국에 돌아가기가 싫었다. 왜냐하면 이곳 생활이 즐겁기도 했지만 한국에 가서 다시 학원을 가야하고 학원 숙제를 해야 하기 때문이다. 그렇지만 그런 것 생각하지 말고 이곳의 남은 시간을 즐기기로 생각했다. 오늘은 베네치아에서 이곳 오스트리아 인스부르크까지 오랜 시간을 걸쳐서 이동한 날이다. 도움도 받고 추억도 많은 하루였다.

오스트리아에서 독일로 ^{8월 14일}

아침이 밝았다. 핸드폰에서 알람 소리가 울리자 나는 두 눈을 부릅뜨고 알람을 끈 다음 다시 잤다. 눈을 감자 룸메이트가 날 깨웠다. 억지로 일어나서 세수를 했다. 역시나 내려가서 빵을 먹고 가방을 챙긴 다음 버스에 탑승했다. 이젠 이 생활 패턴에 익숙해져 있어서 그런지 아무렇지도 않게 일어나고 밥을 먹고 가방을 챙긴 다음 버스에 탄다.

아침부터 우리는 긴 여정을 해야 했다. 이곳 오스트리아를 출발해 독일로 향해야 했다. 시간이 많이 걸린다고 했다. 그렇지만 유럽의 멋진 경치를 감상할 수 있기에 견딜 수 있을 것이라는 생각을 했다. 우리는 모든 준비를 하고 하이델베르크를 향해 출발했다. 국경을 지나고 산을 넘고 지루한 시간이었다. 차 안에서 잠을 자고 게임을 하고 장난을 치고 해도 목적지는 나타나지 않았다. 중간에 휴게소를 들르고 과자를 사 먹었다. 오랜 시간 끝에 도착한 휴게소인데 우리나라 휴게소에 비해 초라하고 화장실도 돈을 내야 하고 깨끗하지가 않았다. 그러나 어쩔 수 없었다. 돈을 내고 볼일을 보고 약간의 과자를 사서 다시 차에 올랐다. 한참을 달려 우리는 하이델베르크에 도착했고 네카 강이 우리를 맞이해 주었다. 우리는 하이델베르크 성에 도착했다. 옛날에는 아주 큰 고성이었다고 하는데 지금은 조금 줄어든 것이라고 했다. 그곳에는 아주 거대한 술통이 있었다. 이 술통의 크기는 22만 리터라 하는데 그 크기는 어마어마했다. 이곳저곳을 구경하고 네카 강이 보이는 곳을 향해 사진을 찍고 아래로 내려왔다. 레드옥센이라는 곳에 도착해 기념사진을 찍고 자유시간을 가졌다.

오늘은 이동하는 시간이 많이 걸려 별로 한 것은 없지만 시간이 빨리 갔다. 저녁으로 순두부찌개를 먹었다. 식당에 들어가고 선생님이 먹고 싶은 것 다 시키라고 하자 우리는 속을 비우고 밥을 일인당 세 공기씩 먹으려고 했는데 사장님이 그냥 밥을 주셨다. 우리는 실망을 하고 묵묵히 밥을 세 그릇씩 먹었다. 밥을 마음껏 먹고 마지막으로 머무를 호텔로 향했다. 호텔은 매우 깨끗하고 좋았다. 오늘이 마지막이라니 아쉽고 서운했다.

아빠, 유럽이야!

174

유럽의 마지막 날 ^{8월 15일}

아침이 되었다. 오늘이 마지막 날이다. 입맛이 없어도 빵을 먹었다. 가방을 챙긴 다음 방을 둘러보았다. 빼먹은 물건이 있는지 없는지. 방을 나와 성 바돌로매 대성당을 갔다가 뢰머 광장을 갔다. 이 두 곳 다 크고 아름다웠지만 몇 시간 뒤면 한국으로 갈 생각을 하니 별로 눈에 들어오지 않았다.

그렇게 우리는 13박 14일이라는 짧은 여행을 마치고 마지막 면세점을 갔다. 면세점에서 가장 먼저 내 눈에 들어오는 것은 역시 칼이었다. 독일은 철의 나라이기 때문에 철에 관련된 것들이 매우 좋다. 식칼, 가위, 냄비 등 철로 된 가전제품 역시 모두 우리나라와 비교해서 좋았다. 난 맥가이버 칼 가격을 보고 화가 났다. 이곳에서는 30유로인데 스위스에서는 45유로를 주고 샀기 때문이다. 이 사실을 엄마는 모르는데 왠지 바가지를 썼다는 느낌이 들어서 기분이 나빴다. 15유로이면 작은 맥가이버 칼 하나를 살 수 있는데 너무 아쉬웠다. 하지만 이 일로 계속 후회를 할 수 없기에 그냥 나뻔 추억 하나 만들었다고 생각을 했다. 우리 엄마는 주방 가위를 사셨다. 나는 친구에게 줄 선물로 만년필을 하나를 샀다. 그렇게 우리는 면세점에서 시간을 보내고 공항에 도착했다.

이제 한국으로 돌아간다고 생각하니 너무 아쉽고 서운했다. 새삼 공부를 잘하지 않은 것이 후회도 되었다. 언제 다시 올 수 있을지 궁금했고 올 수 있다면 꼭 다시 오고 싶은 마음으로 비행기에 올랐다. 짐을 실은 뒤 좌석에 앉아 나는 재미있게 게임도 하고 영화도 보면서 시간을 보냈다. 그리고 몇 시간이 흐르자 기내식이 나왔다. 역시 내 예상대로 맛이 없었다. 하지만 이제 가면 언제 먹을지 모르니 다 먹었다. 그렇게 몇 시간이 지난 뒤 비행기에서 내려 카타르 항공에서 내렸다. 내린 다음 우리는 약간의 휴식을 가졌다.

그리고 휴식을 마친 뒤 다시 비행기에 탑승해 오랜 시간을 걸쳐 비행기를 타고 갔다. 전 비행기에서 밤을 새워 영화를 본 나는 비행기에 타자마자 잠이 들었다. '한 10분쯤 지났을까?' 하고 눈을 떠보니 인천공항이 보였다. 공항에 내리고 우리는 서로에게 인사를 하고 헤어졌다. 집으로 가는 길에 나는 가족과 함께 버스를 타고 집에 돌아갔다.

타고 오면서 이 생각을 했다. 역시 우리나라가 제일 좋다고 그리고 '숙제 언제 다하지.'라는 생각이 들었다. 이렇게 나의 끝나지 않을 것만 갔던 여행이 끝나고 이 글을 쓰고 있다. 집에 가면 삼겹살이 가장 먹고 싶다. 이 것이 한국인이 본능인가?

각 나라의
매력

* 각 나라의 매력은 은진, 민혁, 현진이가 인터넷 포털사
  이트에 검색을 해서 얻은 정보에 자신들의 경험을 추
  가하여 기술한 것임을 밝힙니다.

영국

🏛 특징

영국은 유럽의 서쪽 대서양에 브리튼 섬 그레이트 브리튼의 잉글랜드와 웨일스 그리고 스코틀랜드 이 세 지역과 북부 아일랜드 및 부근의 900여 개의 섬으로 구성되어 있는 섬나라로 도버 해협을 사이에 두고 유럽 대륙과 접하고 있다.

면적은 약 24만 4천 킬로미터로서 한반도 넓이와 비슷하다. 기후는 북위 50도임에도 멕시코 난류와 편서풍의 영향으로 온화하고 다습한 서안 해양성 기후를 이루며 흐린 날이 많고 안개가 자주 낀다.

유럽 대륙의 여러 나라는 물론 영국 연방에서도 우측통행으로 바꾸는 나라가 생겨도 좌측통행을 고집하고 있다. 또 영국에서 운전자들을 보면 운전석이 모두 오른쪽에 있었다. 섬나라들은 모두 운전석이 오른쪽이라고 한다. 왼쪽에 운전석이 있는 우리와 다르게 말이다.

🧳 기후

영국의 날씨는 "하루 동안에 4계절이 있다."라는 말이 있듯이 변덕스러운 날씨가 특징이다. 한여름에도 해가 가리거나 비가 내리면 냉기가 들 정도이다.

내가 영국에 있는 동안은 운이 좋게도 날씨가 거의 계속 화창했다. 공기가 우리나라처럼 습하지 않아 햇볕 아래에 있어도 덥지 않았고 그늘 밑으로 가면 서늘할 정도였다. 햇볕 밑에 있어도 살짝만 부채질을 해도 에어컨 바람을 쐬는 것처럼 시원한 바람이 불었다.

1-2월의 평균 기온은 4도이며, 7-8월의 평균 기온은 16도로 한난의 차가 적다. 위도가 높기 때문에 여름에는 8-9시까지는 밝지만 겨울에는 3시에 해가 지는 일도 있다.

영국은 오랜 역사와 전통을 가진 나라이지만 음식은 유럽의 다른 나라들에 비해 맛이 덜하다는 평을 듣기도 하고, 대표 음식이라 할 만한 음식도 특별히 없다.

이에 대해서는 여러 가지 설이 있다. 첫째는 영국의 기후가 일조량이 적고 기온도 낮아 농작물이나 각종 음식 재료들을 키우기 힘들기 때문이라고 점이고, 둘째는 18세기의 산업혁명으로 도시 노동자들이 늘어나 시간이 오래 걸리는 전통 음식을 만들 시간이 부족해져 전통적인 조리 방법이 많이 사라졌으며 두 차례 세계대전을 겪으며 요리가 더욱 간소화되었기 때문이라는 것이다.

하지만 다른 유럽 국가들에 비해 점심 식사가 간소하고 식사 시간도 짧은 영국에서는 대신 아침을 든든히 먹기 때문에 아침의 양이나 메뉴가 풍성하기 때문에 음식이 별로라고만은 할 수 없다. 영국의 아침 식사는 보통 계란과 베이컨, 소시지 등으로 이루어져 있으며, 영국 어디에서든 맛볼 수 있는 보편적인 식사 형태이다. 영국인이 가장 즐겨 먹는 음식으로는 샌드

위치와 피쉬 앤 칩스를 예로 들 수 있다. 피쉬 앤 칩스는 흰살 생선 튀김에 감자튀김을 곁들인 음식이다. 영국에서 길게 썬 감자튀김을 '칩스'라고 부르는데 비해, 미국에서는 '프렌치프라이'라고 부른다.

유럽에 도착한 둘째 날 아침, 호텔에서 아침 식사를 했는데 완벽한 영국 식사였다. 해시브라운, 스크램블 에그, 햄, 소시지들이 있었다. 햄과 소시지는 항상 종류가 엄청 많았기 때문에 골라먹는 재미가 있었다.

바삭바삭한 해시브라운과 몽글몽글한 스크램블 에그 그리고 통통한 소시지와 부드럽고 짠 햄을 먹으니 정말 맛있었다. 커피도 약간 마시고. 영국에서 먹은 아침 식사는 유럽에서 먹었던 아침 식사 중 가장 맛있고 메뉴가 다양했다.

🥛 차 문화

영국하면 빠질 수 없는 것이 차 문화이다. 영국인들은 아침 5시에 주로 남편이 끓여다 주는 "Early morning tea"로 차 마시는 습관을 시작해 오전 11시 경과 점심 직후, 오후 3-4시에 "Afternoon tea"를, 5시 경에 "High tea"를 그리고 저녁 시간, 이렇게 하루에 대개 6번의 차를 마신다. 식간에 마시는 차는 대개 샌드위치나 파이류, 케이크 등을 곁들이거나 잼이나 버터를 바른 토스트, 머핀, 스콘 등을 곁들인다. High tea는 대개 육류와 함께 제공되며 저녁에 일찍 재우는 10살 이전의 어린아이들에게는 이것이 저녁 식사가 된다. 어른들은 어린이들을 재우고 좀 더 늦게 어른들끼리 조용히 식사를 즐긴다. 오전 11시와 오후 3-4시 경의 차는 일상화되어 있을 정도이며 샌드위치나 케이크, 잼을 바른 스콘 등을 곁들여 식사를 대신하기도 한다.

17세기 초 중국에서 유럽으로 유입된 차는 1750년대에는 온 국민이 마실 정도로 큰 인기를 끌었다. 차 문화가 발달한 것은 영국의 식민지였던 인도가 차 재배지인 영향이 크며, 지금도 인도와 실론 지방의 차를 가장 널리 마신다. 아삼, 다즐링, 우바, 얼그레이, 오렌지페코 등의 차에 우유를 넣어 마시는 것이 일반적이다.

영국에 있는 면세점에서 홍차를 사려고 가 봤더니 역시 차가 유명한 나라답게 종류가 무척 많았다. 정말 많은 종류에 향도 다양하고 차가 담긴 케이스도 다 다르고 예뻤다.

▤ 영국 공영 방송 BBC

영국 방송의 약자인 BBC. 이윤 추구가 목적이 아니라 공공의 이익을 위해 방송하는 공영 방송이다. 수신료를 바탕으로 운영되기 때문에 상업 광고로 수익을 내기 위해 시청률에 매달리는 다른 방송과는 달리 교육이나 문화, 예술 분야에서 뛰어난 프로그램을 많이 제작해 세계적인 명성을 얻었다. 또한 보도의 객관성과 예리함 역시 높이 평가되며, 시사 문제 및 공공 정책 문제에 관한 견해나 논쟁을 다룰 때는 공정성을 유지하도록 노력한다.

텔레비전을 볼 때 전 세계적으로 큰 이슈가 되고 있는 일이 생기면 우리나라는 물론 많은 나라들의 방송사에서 계속 그 일에 대해서 보도하는데 영국의 BBC에서도 나온다.

이슈가 커져 이곳저곳에서 루머나 부풀려서 나오는 등 자꾸 내용이 변

할 때가 있는데 그럴 때는 BBC의 뉴스를 보는 거싱 도움이 된다. BBC가 객관적이고 공정하기로 유명하다 보니 왠지 모르게 BBC에서 보도하는 내용을 보면 좀 더 사실적이게 느껴지고 신뢰하게 되기 때문이다.

영국은 웅장함의 나라라는 말이 어울리는 곳이다. 건물들이 커다랗고 넓은 나뭇잎이 무척 많은 커다란 나무가 가득해서 그 나무들을 몇 개만 모아도 숲이 될 것 같다는 생각이 들 정도였다.

영국에서 촬영한 사진을 보다가 정말 영국스러운 느낌을 받은 사진은 눈부시도록 하얀 건물과 초록빛 나무가 있고 그 앞으로는 빨간색 2층 버스가 지나가는 모습이 찍힌 사진이었다.

🏛 박물관과 미술관

영국에는 대영 박물관을 비롯한 주요 국립 박물관들과 600여 곳의 독립 박물관을 비롯해 등록된 박물관과 미술관만 1,800곳에 이른다고 한다. 박물관과 미술관은 대부분 입장료를 받지 않으며 이를 위해 정부의 지원과 기부가 활성화되어 있다. 이렇게 자유롭게 예술품과 문화재를 관람할 수 있는 환경은 영국 문화의 강점이라 할 수 있을 것이다. 우리나라와 비교하여 느낀 것은 우리들은 박물관이나 미술관을 가는 것이 생활화되지 않았고 특별한 일이 되어 버렸다. 그러나 이곳 사람들은 주변이 그런 공간들이 많아서 너무 익숙한 일들이다.

박물관은 우리 조상들이나 지나온 과거의 흔적을 알 수 있는 공각으로 유익하고 미술관은 작품을 통하여 우리의 영혼을 쉬게 할 수 있는 공간이라 좋은 것 같다. 우리도 이제 잘사는 나라이니 이런 예술적 공간들을 자주 갈 수 있는 여유가 있었으면 좋겠다. 그리고 박물관이나 미술관들이 좀 많아져서 쉽게 갈 수 있었으면 좋겠다. 건물을 높게 지어 이익을 창출하는 것도 좋겠지만 이런 공간을 통하여 많은 사람들이 즐거워하는 휴식처가 많았으면 좋겠다.

🏛 공원 〜〜〜〜〜〜〜〜〜〜〜〜〜〜〜〜〜〜

영국에는 정말 많은 공원이 있다. 하이든 파크 같은 공원이 런던에만 80개가 넘는다고 한다. 세계에서 1인당 녹지 공간을 가장 많이 가지고 있는 곳이 이곳 런던이라고 한다. 물가도 비싸고 땅값도 비싼데 이렇게 공원을 많이 만들 수 있다는 것이 위대해 보인다. 공원의 나무들은 역사만큼이나 오래 된 나무들이 가득하였고 그 안에서 휴식을 즐기는 런던 시민들의 모습을 보면 어쩌면 저렇게 여유로울 수가 있을까 궁금하기도 했다. 우리나라를 비롯한 많은 개발도상국들은 나라가 한창 발전을 하고 있으니 어떻게 하면 나라와 국민이 더 잘 살 수 있을지 경제와 발전에 더 집중을 한다. 하지만 선진국 영국은 이미 부유하기 때문에 경제 발전보다는 어떻게 하면 국민이 행복하게 살 수 있을지에 대해 중점을 둔다고 한다.

넓은 잔디밭을 보고 호수를 보며 여가 시간을 보낼 수 있는 공원이 많은 영국을 보면서 부럽다는 생각을 한다. 비록 국토는 우리 한반도보다 조금 크지만 세계의 모든 대륙을 정복했던 영국의 힘이 느껴지는 것 같았다.

학생들 몇 명이 나무그늘 아래서 책을 읽고 오손도손 대화를 하는 것을 보면 한번쯤은 이곳 영국 런던에서 살아 보고 싶은 충동을 느꼈다. 그래서 런던에서 싫증난 사람은 인생이 싫증난 사람이라는 명언이 나오기도 한 것 같다.

이탈리아

🧳 패션

　　이탈리아는 세계적인 패션 디자이너와 브랜드의 본고장이며 독창적이고 정교한 디자인으로 세계 패션의 흐름을 선도하는 나라이다. 특히 패션의 도시 밀라노에서는 패션쇼와 다양한 의류 산업 관련 전시회가 열린다. 패션에 대해 공부하고 싶고 관심이 많은 사람들이 이탈리아로 유학을 많이 간다.

　　이탈리아가 이렇게 패션 산업의 선두를 차지하게 된 것은 수준 높은 문화유산, 오랜 세월에 걸쳐 발달한 가내 수공업과 장인 정신 그리고 유행에 민감하면서도 도전을 두려워하지 않는 이탈리아인의 성향이 합쳐진 결과이다. 사람에게는 옷이 날개라는 말도 있다. 그만큼 옷은 우리가 살아가면서 뗄 수 없는 요소이다.

이탈리아의 초등교육은 의무교육 기관으로 국가 교육과정이 적용되고 있다. 1990년의 표준 주당 수업 시수는 27시간인데 외국어까지 가르칠 경우에는 3시간이 더해진 30시간이 된다. 몬테소리와 같은 학자들의 연구 결과와 페티니 등이 주도한 "교육 협동 운동"은 초등교육에 많은 영향을 끼쳤다.

교육 협동 운동의 주된 목표는 교육 활동에서 놀이 활동, 모둠 활동, 의사소통력, 예술적인 표현력 등을 강조해 아동들의 자기 주도적인 학습 능력을 신장시켜 주는 데 있다. 이러한 학습 분위기가 국가 간의 초등학생 학력 비교에서 이탈리아가 우수한 성적을 거두고 있는 점에 기여한 요인의 하나로 분석되기도 한다.

어렸을 때부터 이런 자기 주도적이고 즐거운 학습 활동을 하니 아이들이 틀에 갇히지 않고 자유롭고 창의적인 성향을 가질 것 같다는 생각이 든다. 중등교육도 의무교육이고 교과목은 이탈리아어, 수학, 사회, 과학, 음악, 미술, 체육, 실업, 외국어 등이며, 가톨릭 교리가 선택 과목으로 제공되는데 대부분의 학생들이 이 과목을 배우고 있다.

고등학교는 매우 다양하다. 현재 고등학교 유형으로는 과학, 고전, 예술, 직업, 기술, 교사 양성 학교 등이 있다. 과학 학교와 고전 학교는 5년제이고, 예술 학교와 초등교사 양성 학교는 4년제 그리고 직업학교와 유치원 교사 양성 학교는 3년제이다. 직업학교는 2차 세계대전 후에 생긴 것으로 중하위의 직업에 필요한 자격 취득을 위해 160개 이상의 교육 프로그램을 제공하고 있다. 직업학교를 졸업하고 일정한 자격을 취득하면 보다 전문적인 직업교육을 추가로 받을 수 있는 길이 열려 있다. 근래에 고등교육을 받을 기회가 확대됨에 따라 고등교육을 받는 학생 수가 점점 늘어나고 있다.

1969년에 꼬디그놀라(Cadignola) 법이 제정된 이후에 이탈리아에서는 고등학교 졸업장만 있으면 누구나 대학에 입학할 수 있다. 그러나 30퍼센트의 학생만이 졸업을 할 정도로 대학을 졸업하기 어려운 편이다.

이탈리아의 대학은 1년을 한 학기로 하며, 수업은 11월 1일이 시작해서 다음 해 10월 31일에 끝난다. 대학의 수업 연한은 대개 4년이지만 보통 건축학은 5년, 의학은 6년이다. 또 대학 부설 기관에서 수여하는 2-3년제 학위^(Diploma)도 있다. 이탈리아의 대학에서는 학년이나 학점의 엄격한 개념이 없다. 그러므로 소정의 과목을 이수하면 학위 논문을 쓸 수 있는데, 4년제 과정에서는 일반적으로 20개의 과목을 이수해야 한다. 대학에서 수여하는 유일한 학위는 로리아^(Laurea)이다. 이 학위 과정에는 2-3년이 소요되는 과목도 있다.

🎒 음식 문화

　　　　　이탈리아하면 떠오르는 음식은 파스타, 피자 등이다. 이탈리아의 음식은 세계에서 가장 인기 있고 유명한 음식들 중 하나이다. 이탈리아의 요리는 크게 나누어 공업이 발달한 밀라노 중심의 북부 지방 요리와 해산물이 풍부한 남부 지방 요리로 대별된다. 남부, 즉 해안 지대인 나폴리, 시칠리아 섬 같은 곳에서는 해산물 요리와 토마토를 많이 사용하고 토마토소스를 쓰는 피자와 파스타가 발달했으며 맵고 짠 강한 맛이 특징이다. 반면 베네치아, 볼로냐, 밀라노, 제노바와 같은 알프스 산맥 접한 북부 지방은 육류와 치즈를 이용한 요리가 많고 남부보다 쌀 요리가 발달했다. 남부 지방의 대표 도시인 나폴리에서는 피자가 유명하다. 신선한 토마토와 생 모짜렐라 치즈를 올려서 화덕에 바로 구워 먹는 피자는 이탈리아하면 가장 먼저 생각나는 음식이다.

우리나라의 피자는 토핑이 이것저것 많이 올라가 있고 종류도 무척 많다. 새우, 햄, 게살, 채소, 등등 많은 재료와 위에 뿌려지는 무수히 많은 소스도 다른 색, 다른 맛을 가지고 있다. 하지만 이탈리아의 피자는 간단하게 치즈, 월계수 잎, 토마토만 들어간다. 각각의 재료 본연의 맛을 느낄 수 있고 복잡하지 않은 이탈리아의 피자도 정말 맛있다.

또 피자에 있는 치즈가 약간 더 짜게 느껴졌다. 쫄깃쫄깃하고 짭짤한 치즈가 입안 가득 들어오자 계속해서 먹게 되었다. 우리나라의 피자가 두툼하고 여러 가지 맛을 느낄 수 있는 피자라면 이탈리아의 피자는 얇고 짭짤하고 깔끔한 느낌의 피자라고 생각한다.

중부의 대표적인 로마에서는 까르보나라 파스타가 유명한 음식이다. 아쉽게도 하얀색의 크림 파스타는 먹지 못하고 붉은 토마토소스의 파스타만 먹을 기회가 있었다. 토마토소스, 해산물 등 여러 파스타를 먹었는데 이것 역시 우리나라와 차이가 있었다. 비주얼은 비슷했다. 하지만 한입 먹었을 때 차이를 알 수 있었다. 우리나라의 스파게티는 소스의 맛이 강하다. 먹으면 스파게티 맛! 이런 느낌인데 이탈리아의 스파게티는 좀 더 연하고 정말 토마토만을 사용한 맛이다. 강하지 않고 삼삼한 맛에 면은 밀가루 향이 났다. 이탈리아의 음식을 먹을수록, 특히 스파게티를 먹을 때 느낀 점은 이탈리아의 음식은 다른 향신료를 첨가하기보다는 재료 본연의 맛으로만 음식을 조리한다는 점이었다.

북부 지방의 대표 도시 밀라노에서는 밀라네제라는 음식이 유명하다. 밀라네제는 밀라노의 스타일이란 뜻인데 돈가스와 비슷한 음식이다. 이 요리는 송아지 고기를 얇게 저며서 빵가루를 묻혀 튀긴 요리이다. 처음 먹었을 때 얇은 돈가스 같다고 생각했다. 얇고 바삭바삭한 고기를 샐러드와 곁들여 먹으며 돈가스와는 비슷하면서도 다른 것 같다는 느낌을 받았다. 이탈리아는 나무가 굉장히 많고 더웠으며 길이 아주 깨끗했다. 길에 버려진 쓰레기를 본 기억이 없었다. 그리고 예쁜 책의 표지처럼 빨간 지붕의 집들이 옹기종기 모여 있었다. 높은 곳에 올라가서 보니 좁고 긴 골목들이 있고 붉은 색의 지붕들이 가득 차 있는 것을 보니 멋있었고 이국적이었다.

폼페이

옛날 한 청년이 있었다네.
그 청년은 사랑하는 여인이 있었다네.

어느 날 청년은 용기를 내어 그녀에게
사랑을 고백했고
둘은 서로의 뺨을 어루만지며 사랑을
약속했네.

사랑의 여신이 그의 손을 잡아 주었으나
죽음의 신의 숨결을 닿아 버렸다네.

모든 것은 한 순간이었다네.
서로의 이름을 외치지도 못하고
애타게 바라볼 수밖에 없었네.

눈빛은 서로를 향한 채
심장도 멈추고 시간도 멈추었지만
너무나도 애틋한 둘의 마음은 영원하다네.

스위스

🧳 지리

　　　　면적은 약 41만 1천 제곱킬로미터로 남한의 반 정도이다. 독일, 이탈리아, 오스트리아, 리히텐슈타인, 프랑스 등의 국가와 접해 있다. 국토의 70퍼센트 이상이 산악 지대로 북서부에는 쥐라 산맥, 그 옆으로는 제네바, 루체른, 취리히를 잇는 평평한 대지가 펼쳐진다. 알프스 산맥에는 몬테로사, 마터호른 등의 험준한 고봉들이 자리하고 있으며, 라인, 론 다뉴브 강의 발원이 되고 있다.

🏮 기후

스위스도 사계절이 있으며 전체적으로 한국보다 온화한 기후이다. 여름에는 건조해 에어컨을 사용하지 않고도 견딜만한 날씨이지만, 최근에는 많이 더워지고 있다고 한다. 겨울에는 영하로 내려가고 눈이 자주 오지만 심한 추위는 아니며 여행 시에는 알프스를 오르게 되므로 꼭 두꺼운 겉옷을 준비해야 한다. 겨울에는 실내 난방이 약하므로 따뜻한 옷을 준비하는 것이 좋다. 아침에 길을 걸어 보니 쌀쌀한 편이었다. 나무가 많아서인지 아주 쾌적했고 정말 좋은 자연 환경을 가진 나라였다. 아주 깨끗한 나라였고 동화 같은 느낌을 받았다.

🏮 언어

스위스는 4개 국어를 표준으로 삼고 있으며 각 주마다 표준 언어가 모두 다르다. 대학을 졸업한 지식인이라면, 영어는 물론 프랑스어, 독일어,

이태리어 등이 유창하다. 각 티브이의 채널마다 각 주가 지정한 외국어로 방영되며, 다국적인 환경에 어릴 적부터 쉽게 노출이 된다.

독일어가 가장 많이 사용되며, 이런 지역에서 영어와 프랑스어는 모두 통한다. 태어나면서부터 많은 언어를 접할 경우가 많으니 자연스럽게 여러 나라의 언어를 습득할 수 있는 기회를 갖는 것이다.

🚂 시차

한국보다 8시간 늦으며, 서머타임 기간^{(4월 1} 일-10월 31일까지)</sup>에는 7시간이 늦다.

⬛ 역사

　　　　　스위스의 기원은 4세기까지 거슬러 올라가는 데 게르만 민족의 대 이동 때 스위스 원주민인 헬베티아족의 영역을 침범해 들어오면서 현재의 원형을 이루었다. 신성로마제국의 지배를 받아오다가 13세기에 이르러 독립운동이 본격화되었으며, 오스트리아의 지배를 벗어나 1648년 빈 회의를 거쳐 영세 중립국으로 승인되었다. 23개 주로 이루어진 연방공화국으로 수도 베른에 연방 정부가 있다. 스위스 정치의 특색이라면 법률 안에 대한 국민들의 최종 심사를 거치는 직접민주주의를 채택하고 있다는 것이다.

⬛ 교육제도

　　　　　스위스는 아주 훌륭한 교육 환경을 갖추고 있는 나라이다. 각 학교의 규모는 작지만 선생님과 재학생의 비율이 낮아

학생들은 가족적인 분위기에서 최대한으로 선생님의 보살핌을 받을 수 있다. 그렇기 때문에 각 학생들은 각자 가지고 있는 재능과 적성을 일찍 발견할 수 있어 각자 수준에 맞는 학습을 통해 스스로가 선택한 진로로 나아갈 수 있게 된다.

　스위스의 교육제도는 초등교육, 중등교육, 고등교육으로 크게 3가지 과정으로 나눌 수 있다. 유치원 과정은 초등교육에 대비한 취학 전 교육과정이고, 중등교육은 우리나라 중학교 과정에 해당하는 중등교육(Lower Secondary)과 고등학교 과정에 해당하는 고등교육(Upper Secondary)으로 나누어진다. 의무교육은 중등과정 레벨 1인 중등교육까지이다. 부모가 스위스에 거주해야만 공립학교로 진학이 가능하며 일반 공립대학에 유학하고자 할 경우, 한국의 고등학교 졸업장 외에도 스위스 고등학교 졸업 시험을 요구하는 학교도 있다.

스위스의 학교와 우리나라의 학교와 다른 점은 모든 학생들이 주어진 교과 과정을 싫든 좋든 전부 따라야 하는 것이 아니라 몇몇 기본과목을 제외하고는 자신이 원하는 과목을 선택해서 공부할 수 있다는 점이다. 즉 자신이 흥미를 느껴서 선택한 과목들을 즐거운 마음으로 공부하면서 자기 개발을 촉진시킬 수 있다.

스위스 교육의 특징 중 크게 감동받은 것은 한 사람의 낙오자도 만들지 않는다는 것이다. 만약 한 학생이 특정 과목에서 약간 어려움을 겪어 부진하다고 느껴지면, 해당 과목 선생님이 일주일에 한두 시간씩 방과 후에 그 학생을 특별 지도를 해서 그 학생이 진도를 따라갈 수 있도록 도와준다.

반면에 한 학생이 특정 과목에서 다른 학생에 비해 현저히 앞서 간다고 판단되면, 담당 교사는 그 학생이 학생들을 위한 학급에서 공부하도록 권유한다.

　　　　　　　폴듀는 스위스, 프랑스 일부 지역 그리고 알프스 지역을 발상지로 하는 전골 요리와 그와 비슷한 요리를 총칭한다고 한다. 보통 식탁 가운데 작은 항아리 그릇인 작은 냄비^(Caquelon)를 놓고 다양한 치즈 등을 녹여 가며 먹는 요리이다. 치즈를 녹인 뒤 빵이나 소시지를 찍어 먹는 것이 기본적인 우리가 가장 잘 아는 치즈 폴듀이다.

　그 밖에 치즈가 아니라 기름에 고기를 튀겨 먹는 고기 폴듀인 폴듀 부르고뉴^(fondue bourguignonne)가 있다. 기름이 끓을 때까지 기다리는 동안 삶은 감자, 감자튀김과 샐러드를 먹다가 기름이 끓으면 긴 꼬챙이에 소고기를 끼우고 기름에 튀겨먹었는데 맛이 괜찮았다.

　그 외에도 얇게 썬 고기나 어패류의 식재를 꼬치에 찔러서 고기 스프나 콩 스프에 넣어 먹는 폴듀 시누아즈^(Fondue chinoise)가 있다. 시누아즈는 프랑스어로 중국을 뜻하는데 이 이름이 붙은 이유는 중국의 '훠궈'^(중국의 샤브샤브)라는 요리와 비슷하기 때문이라고 한다.

　라끌렛은 스위스의 가정식으로 알려진 음식이다. 단단하게 굳어진 치즈를 불에 직접 쬐어 녹인 후 긁어내 감자나 빵에 얹어 먹는 음식이다. 직접 녹여서 얹기 때문에 퐁듀와는 다른 치즈의 맛을 느낄 수 있다고 한다.

취히리 게슈네첼테스(Zürich Geschnetzeltes)라고 불리는 이 요리는 크림소스에 잘게 썬 송아지 고기를 넣은 스위스 전통요리이다. 약간의 버터에 버섯과 양파와 소고기를 볶아서 크림소스와 먹는 이 음식은 취히리 지역에서 인기가 많은 전통 음식이다.

🧳 시계

스위스 시계 산업의 중심이 제네바(Geneva), 제네바에서 가장 오랜 역사를 지닌 바세론 콘스탄틴, 그 역사는 1755년에서부터 시작되었다. 중세시대 이후 제네바 지역은 금세공 분야로 유명한 도시였다. 금세공 기술이 시계 기술에 적용되면서 제네바는 시계 산업지로 발전하게 되었다. 18세기에는 문화와 사상의 도시로 전체 인구의 약 1/3이 가비노체(Gabinotier)라 불리는 시계사들로 구성되었다. 가비노체란 시계 제조의 기술 자들 시계의 케이스나 무브먼트를 수공으로 만드는 장인을 말한다.

바세론은 1755년 시계 공예의 매력에 이끌려 제네브 최고의 건물인 '새의 탑'에 작업장을 세웠다. 바세론은 "전통적인 예술가의 솜씨는 기술의 변화에 영향을 받지 않는다."는 기본 철학을 가지고 정교하고 품격 있는 시계를 만들고자 노력했다. 그의 장인정신은 아브라함 바세론(Abraham Vacheron)과 1810년 손자인 쟈크 바르세레미(Jacques Barthelemy)에게로 이어진다. 1819년 사업가인 프랑소와 콘스탄틴이 바세론에 합류하면서 "VACHERON CONSTANTIN"이라는 브랜드 명이 정착했고, 1839년 기계의 천재 조르주 오거스트 레슈를 고용하면서 바세론 콘스탄틴은 혁신적인 발전을 거듭하게 되었다.

유럽의 왕가는 물론 귀족들 사이에서 각광을 받았으며 영국 엘리자베스 여왕 대관식 때 스위스가 바세론 다이아몬드 시계를 선물했을 정도로 '명품'으로서의 가치를 인정받고 있는 바세론 콘스탄틴은 지금도 최고급품으로서의 명성을 이어가고 있다.

스위스의 또 다른 명품 시계 브랜드인 로렉스가 있다. 금은 로렉스가 가장 유명하다고 한다. 처음에는 별로 유명하지 않았는데 유명해지게 된 계기가 있었다. 스위스에서 미국으로 가던 배가 침몰하고 몇 달 만에 발견되었을 때 로렉스 시계를 차고 있던 시신이 있었다고 한다. 그 깊은 바다에서 몇 달 동안 압력을 받으면서 전혀 손상이 없어서 그때부터 로렉스가 아주 유명해졌다고 한다.

스위스

시간의 나라 스위스

제각기 다른 모습을 하고
제각기 다른 소리를 내지만
우린 모두 시간의 요정

누구의 집에 걸릴까.
누구의 손목을 감쌀까.

인생이 흘러가는 것을 보여 주는
흘러가는 삶을 보여 주는
나는 시간의 요정.

프랑스

음식

　　　　프랑스 음식은 정말 맛있고 요리를 넘어 하나의 예술 작품일 정도로 유명하다. 프랑스의 대표적인 요리로는 달팽이 요리인 에스카르고, 푸와그라 등이 있다.

　　에스카르고는 식용 달팽이를 말하며 끓는 물에 데쳐 마늘, 버터, 파슬리 등을 껍질에 넣고 오븐에 구워 내는 음식이다.

　　에스카르고 위에 있는 양념을 같이 나오는 바게트에 찍어 먹으면 마늘 바게트 같다고 한다. 처음 에스카르고를 먹었을 때 생각보다 많이 달랐다. 미끌거리고 부드러운 줄 알았는데 많이 쫄깃쫄깃했다.

　　푸아그라는 살찐 거위의 간으로 부드럽고 입에서 녹는 맛이 일품인 프랑스의 대표 음식 중에 하나이다. 다른 재료와 함께 섞어 파테나 테린으로 만들어 먹거나 그대로 구워 먹는데 트러플, 캐비어와 함께 세계 3대 진

미로 일컬어진다.

와인은 프랑스 각 지역에서 생산되는데 지역에 따라 맛, 색깔, 향기 등이 다르다. 크게 적포주와 백포도주로 나눠지는데, 백포도주는 차게 해서 생선 요리와 적포도주는 상온에서 육류 요리와 함께 마신다. 그 이유는 백포도주의 산미가 생선의 맛과 조화가 잘 되고, 적포도의 탄닌이 육류와 기름기가 짙은 맛을 잘 조절해 주기 때문이다. 포도주를 마실 때는 먼저 와인 잔을 눈높이까지 들어 올려 색을 확인하고 그다음으로 잔을 흔들어 향을 맡은 후, 입술의 앞부분에 와인을 천천히 공기와 함께 마셔 맛을 음미하는 것이 좋다.

프랑스의 빵 가게는 새벽 2-3시부터 빵을 준비하고 프랑스의 주부들은 아침에 일어나자마자 빵가게로 가서 바게트나 크루아상을 사는 것이 하루의 시작이라고 할 정도로 빵은 프랑스 사람들의 생활 일부이다. 바게트는 프랑스의 주식이라고 할 수 있는데, 글루텐 성분이 많은 강력분과 이스트, 소금으로 만들어졌고 겉은 바삭하고 속은 부드럽고 쫀득쫀득한 빵이고 바게트 1개의 중량은 250g으로 엄격히 정해져 있다.

크루아상은 밀가루, 이스트, 소금으로 반죽하고 사이사이에 지방층을

형성시켜 발효시킨 일종의 페이스트리로 버터를 이용해 만든 초승달형과 마가린이나 쇼트닝으로 만든 유선형이 있다. 프랑스의 빵은 구워 낸 후 8시간 이내에 먹는 것이 가장 맛있고, 밀폐된 포장지에 넣지 않아야 빵의 바삭한 질감을 그대로 즐길 수 있다.

프랑스의 치즈는 400여 종 이상으로 종류마다 독특한 맛과 향을 지니고 있는데, 지방의 함량이 많을수록 고소하고 부드러우며, 단백질의 함량이 많으면 빽빽한 느낌이 강하다. 프랑스의 대표적인 치즈에는 흰곰팡이를 접종시켜 숙성해 만든 순한 맛의 카망베르, 양젖에 푸른곰팡이를 접종해 만든 로크포르, 염소젖으로 만든 염소 치즈, 지방 함량이 많아 부드러운 브리, 스위스 음식인 퐁듀에 사용되는 에멘탈, 원산지가 네덜란드인 순한 맛의 고우다 등이 있다.

🧳 학교 〰〰〰〰〰〰〰〰〰〰〰〰〰〰〰〰〰〰〰〰〰〰〰〰〰〰〰〰〰〰

초등학교는 의무교육의 첫 단계이다. 초등

교육은 6-11세의 아동을 대상으로 5년 동안 이루어지는 교육이다. 초등학교는 중학교에 들어가는 준비 단계이다. 따라서 언어(구두, 문자)를 원활하게 사용하고, 논리적 사고를 할 수 있도록 교육시킨다. 사회성을 키우고, 역사, 지리, 과학, 수학, 문학, 음악, 미술, 체육, 외국어 수업 등을 통해 주변 세계를 알아 간다. 초등학교 교육은 5단계로 나뉘고 이것은 다시 두 학습 과정으로 이루어진다. 준비반(CP), 기초반 1(CE 1), 기초반 2(CE 2), 중간반 1(CM 1), 중간반 2(CM 2)로 구성되어 있다.

중학교 과정은 3단계로 나눠진다.

적응 주기(cycle d'adaptation)는 중학교의 첫 학년에 해당하는 단계로 중학교 생활에 적응하기, 초등학교 중간반 2(CM 2)에서 배운 학습 내용 복습하기, 생명/지구과학/기술 등과 같은 새로운 과목과 친해지기 등이 주요 학습 내용이다.

중앙 주기(cycle central)는 2학년과 3학년에 해당하는 단계이다. 2학년부터는 그룹으로 함께 공부하는 법을 배우기 시작하나. 즉 두 과목에 공통되는 흥미 있는 주제를 선택해 다른 친구들과 함께 공부를 하는 것이다. 이를 통해 다른 친구들과 함께 공부하는 법, 과제 계획안을 짜는 법, 이를 실행하기 위해 다양한 방법을 이용하는 법 등을 배우게 된다.

진로 주기(cycle d'orientation)는 4학년이 이에 해당한다. 이 해에는 중학교 졸업증명서를 획득해야 하며, 처음으로 진로를 선택한다.

일반 기술계 고등학교는 일반 지식과 전문 지식을 가르치면서 중학교에서 익힌 학습 내용을 발전시키는 보조 교육을 제공한다. 이 학교에서 학생은 일반 혹은 기술 바깔로레아(Baccalauréa)를 준비하게 된다. 즉 일반 기술계 고등학교는 학생이 고등교육기관으로 진학할 수 있도록 준비시키는 것이다. 일반 기술계 고등학교는 3년제이다. 1학년(일반/기술)은 진로에 대한 첫 선택을 하게 되는 전공 결정반(classe de détermination)이다.

프랑스 자녀 교육은 어린아이의 지나친 요구를 들어주지 않는다는 것이다. '어른을 만나면 공손하게 대답하되 말대꾸를 하지 않을 것', '음식을 가리지 않고 골고루 먹을 것', '큰 소리로 떠들지 말 것', '공공장소에서 남에게 폐를 끼치는 일을 하지 않을 것' 등이다. 프랑스에서 말을 안 듣는 자녀의 엉덩이를 가볍게 때리는 정도의 처벌은 허용하나 학대 받는 아동의 문제가 사회 이슈가 됨에 따라 학교에서는 자로 아동을 때린다거나 벌을 세우는 일이 금지된다.

프랑스에서도 어머니의 이미지는 부드럽고 자녀들과 시간을 많이 보내 주는 것이다. 아버지는 가정을 이끌어 가는 중심인물이며 아직도 자녀들에게는 권위적인 아버지 상을 보여 주고 있다. 부모 자식 관계는 꾸준히 변하고 있다. 교육, 가치관의 변화도 과거에 비해 개방적인 가족이 늘어나고 있다. 과거보다 가족에 대한 의무를 많이 약화시키고 자식들은 과거에 비해 자유를 누린다.

사회 계층 간의 차이가 과거에 비해 심화되었다. 사회적으로 안정된 계층이나 자녀 교육에 더 많은 신경을 쓰고 있다. 외국어 교육, 과외 수업, 도서 구입 및 숙제 등을 챙겨 주는 것으로 드러났다. 말을 알아듣고, 이해하고, 행동할 수 있는 나이가 되지 않은 어린 시절에는 매우 엄격한 가정교육의 규율과 방법을 적용한다고 한다. 특히 아주 어린 아기 때부터 시간과 규칙을 엄격하게 한다. 한 예를 들면 식사 시간, 공부 시간, 잠자는 시간, 목욕하는 시간을 정해 두고 꼭 정해진 시간을 이행하도록 한다. 이는 어린

시절의 엄격한 생활 엄격한 생활양식이 어른이 되어서도 계속 된다고 믿기 때문이다. 중학생의 경우 잠자는 시간을 엄격하게 지켜야 하며 규칙적인 생활에서 이탈해서는 안 된다. 청소년들이 밤늦게 절대 길거리에 다닐수 없으며, 밤 11시나 아침 일찍 전화하는 것도 금하고 있다. 프랑스 사람들은 자녀 지도 및 교육에서 수면 시간을 매우 중요하게 다루기 때문에 수면 방해는 가급적 피하고 있다.

중학생 정도에서는 자립적, 독립적 개인주의를 적용하지만 이 이면에는 엄격한 권리, 의무, 책임이 뒤따르게 되어 있다. 또한 독일 가정과 마찬가지로 가능한 어려서부터 개인 방을 주어 혼자서 공부하고, 잠을 자도록해 독립심을 길러 준다.

나는 프랑스의 교육 방법이 훌륭하다고 생각한다. 특히 시간을 잘 지키도록 하는 교육이 아주 좋다고 생각한다. 시간을 잘 지키면 일을 할 때 효율적으로 할 수 있고 사람과의 시간 약속을 잘 지켜 대인 관계의 가장 기본적인 일들 중 하나를 지키지 못해 어긋나는 일도 적을 것이기 때문이다. 어릴 적부터 아주 좋은 습관을 들였다고 생각한다.

파리의 에펠탑

에펠탑은 신데렐라
밤의 꽃 에펠탑
파리의 불빛 에펠탑
파리의 불꽃 에펠탑

아침과 낮에는 수수한 색이지만
밤에는 휘황찬란한 옷으로 갈아입는 에펠탑
예쁜 드레스를 입고
밤하늘의 별들에게 눈빛을 보낸다.

그중에서도 특별한 시간, 5분
온몸에서 반짝반짝 빛이 나
화려함의 끝을 보여 주는 시간
잠깐 화려한 모습을 보여 주고
사라지는 에펠탑의 모습은 신데렐라.

넘실거리는 센 강에서
파리의 불빛이 된 별빛 배경의 에펠탑을 바라본다.
낮에는 묵직한 감동을 느꼈다면
밤에는 뭉클함과 황홀함을 느낀다.

오스트리아

국명이 '동쪽의 나라'라는 뜻의 '오스터라이히'에서 비롯하고 있는 오스트리아는 1278년 합스부르크 왕가의 속령이 되었으며 이후 합스부르크 왕가는 신성로마 제국의 황제를 겸하고 강력한 절대주의 국가를 형성해 중부 유럽을 지배했다.

오스트리아는 하이든, 모차르트 등 유명한 음악가들이 많은 나라다. 오스트리아의 주요 도시는 빈(Wien), 인스브루크(Innsbruck), 잘츠부르크(Salzburg)이며, 그중 빈은 오스트리아의 수도이다. 인구는 약 840만 명이고 주요 민족은 게르만족이다. 주요 언어로는 독일어이고 영어도 많이 사용된다. 국화는 에델바이스이다. 정치체제는 내각 책임제를 채택하는 민주주의적 연방 공화국으로 의회는 양원제를 채택하고 있으며, 연방은 9개 주로 이루어져 있다.

🧳 지리

국토의 2/3가 알프스 산지로 이루어져 있으며 총 면적은 83.858제곱킬로미터로 서쪽 지역은 골짜기의 깊이가 450-750미터, 해발 2,400-3,600미터 높이의 산악으로 이루어져 있다. 동쪽 지역은 산의 높이가 해발 1,600미터-2,400미터 로 산맥을 이루고 있으며 산맥을 기점으로 남북으로 조그만 언덕들이 형성되어 있다. 바다가 없는 육지로 둘러싸였고 남서쪽으로 이어지는 산악 지대는 알프스 산맥이 지나고, 동북쪽으로 평지와 완만한 경사 지대가 이루고 있어 대부분의 인구는 동쪽 저지대에 모여 살고 있다.

🧳 기후

동부 지역은 대륙성 기후, 서부 지역은 해양성 기후를 나타낸다.

여름⁽⁶⁻⁸ᵂ⁾의 평균 기온은 20-25도 이며 겨울⁽¹¹⁻³ᵂ⁾의 평균 기온은 -5도 정도이다.

10월에서 12월에 걸쳐 강수량이 많으며, 11월 하순부터 눈이 오기 시작하면 3월까지 많은 적설량이 기록된다. 겨울에는 대체적으로 습기가 많아 상당히 추우며 저지대에는 비가 자주 오고, 고지대에는 눈이 내린다. 여름에는 소나기가 내리기도 하며, 전체적으로 겨울을 제외하면 온난한 기후를 나타낸다.

🏛 사회 문화

오스트리아의 공용어는 독일어이나 발음이 독특해 표준 독일어와는 약간의 차이가 있으며, 영어도 폭 넓게 통용되고 있다. 가톨릭은 오스트리아인 생활의 기본이 되고 있으며, 합리적인 사고방식과 검소한 생활양식을 나타낸다.

오스트리아는 여러 민족의 문화가 융합되어 독자적인 문화로 재창조했다는 특징을 보이고 있으며, 과거 역사에 대한 문화적 자긍심이 매우 강하다.

특히 음악 분야에 탁월한 재능을 보여 하이든, 모차르트, 슈베르트, 브람스와 같은 세계적인 음악가들을 배출해 냈다.

🚂 빈(Wien)

빈은 오스트리아의 수도로 다뉴브 강 연안에 위치해 있으며 오스트리아의 행정, 금융, 상업의 중심지이다. 총면적 414제곱킬로미터에 약 240만 명이 살고 있으며 유럽에서 가장 아름다운 도시로 손꼽히고 있는 음악의 도시이다. 언어는 독일어이지만 영어가 널리 쓰이며, 60퍼센트가 크리스천이다. 시민들은 일반적으로 느긋하고 우호적이며 친절하다.

빈에는 파리 오페라 극장, 밀라노의 스칼라 극장과 함께 유럽의 3대 극장이라고 평가 받고 있는 국립 오페라 극장이 있다.

Wien은 독어 명칭이고 Vienna는 영어 명칭이다.

독일

독일은 고전주의와 낭만주의 시대 때에 세계 문화의 중심이었다고 말할 수 있는 나라이다. 한때는 우리나라와 같이 동독과 서독으로 나누어진 분단국이었지만 1989년 베를린 장벽이 무너지고 하나의 국가를 이루었다. 통일 후의 고통은 따랐지만 지금은 유럽 중에서도 가장 앞서 가는 나라 중의 하나이다.

독일은 세계적으로 유명한 음악가, 문학가와 철학가가 나온 나라이다.

음악가에는 바흐, 베토벤, 바그너,

문학가에는 괴테, 그림 형제,

철학가에는 칸트, 헤겔, 니체가 있다.

🧳 지리

독일의 면적은 약 357,022제곱킬로미터이고 유럽에서 7번째로, 세계에서는 63번째로 넓은 나라이다. 국토는 유럽 중앙부에 위치해 9개국과 국경을 접하고 북해 및 발트 해와 맞닿아 있다.

지형은 남쪽에서 북쪽으로 갈수록 차츰 낮아지며 알프스 지대, 중앙구릉 지대, 북부 독일 평야의 4대 자연 구역으로 나눠진다. 주요 하천으로는 독일의 산업 중심지를 흐르는 라인 강, 베저 강, 엘베 강과 폴란드와의 국경을 이루는 오데르 강이 있다. 독일의 최고봉인 추크슈피체^(Zugspitze) 산은 높이가 2,963미터이다.

🧳 기후

북서부 지역은 해양성 기후, 남동부는 대륙성 기후를 나타낸다. 전반적으로 겨울은 한랭하며, 여름은 온화하나 변덕스러운 날씨를 보인다. 봄이 대체로 늦게 오므로 여름이 짧은 편이다. 7월의 평균 기온은 해안 평야에서 16도, 남부 고지에서 17도, 라인 하곡에서는 19도가 넘는다. 반면12월부터 3월까지의 겨울은 라인 강이 얼 정도로 춥다.

청명한 날씨는 해안지역은 4-5월, 내륙지역은 6-9월에 볼 수 있다. 6월까지는 샤프트케르테라 불리는 추운 날이 종종 급습하며, 연중 갑자기 비가 오는 날이 많다.

여름에는 가장 더운 달의 기온이 북부의 경우 17-18도, 남부는 25도로 서늘한 편이다. 1월은 -3도에서 2도 사이에 있고, 연간 4개월 이상은 10도 이상이다.

🏛 교육

킨터가튼(Kindergarten)이 유치원을 일컫는 보편적인 용어로 정착할 만큼 현대 유아교육에 큰 영향을 끼친다. 독일의 취학 전 교육은 3세부터 가능하다.

유치원 교육의 핵심은 언어 능력 촉진, 인성 신장, 사회성 교육과 놀이 활동이다. 일반적으로 유치원에서는 문자나 수를 가르치지 않는다.

유치원 교육은 의무교육이 아니기 때문에 아이를 유치원에 보내는 것은 부모의 의사에 달려 있다. 놀이 중심의 사회성 함양을 목표로 하는 유치원은 공·사립을 막론하고 유상 교육을 실시한다. 대부분 아이들은 오전에만 유치원에 있고 오후에서 가정에서 시간을 보낸다. 그러나 종일제 유치원도 있으며 병설기관으로 탁아소도 운영하고 있다. 오늘날 3세부터 6세 사이의 아이들 중 약 80퍼센트가 유치원에 다닌다.

독일의 만 3세-6세 사이의 어린이는 선택 과정인 유치원 교육을 받는다. 이후의 10년에서 13년의 교육은 의무적이다. 독일의 초등학교 다음 과정으로는 하우프트슐레(Hauptschule), 레알슐레(Realschule), 김나지움(Gymnasium) 등 3가지로 나누어진다. 독일에서는 초등학교를 4학년 때 졸업할 수 있다. 어떤 초등학교는 6학년에 졸업을 하는 학교도 있다.

하우프트슐레

독일의 실업계 중등학교로 이론적·추상적이지 않고 시각적·구체적인 활동에 적합한 학생들이 주로 다닌다. 학생 인구의 65-70퍼센트를 수용하며, 수업 기간은 5년이다.

레알슐레

독일의 실업계 중등학교로 보통 김나지움에 진학하기에는 성적이 부족한 학생에게 권장된다. 교육기간은 총 6년이며, 졸업 시험을 통해 졸업장을 받는다. (고등경영기술학교 준비 기관 · 공무원 양성 기관)

🏛 김나지움 ～～～～～～～～～～～～～～～～～～～～～

　　　　　　　독일의 인문계 중등교육기관인 김나지움
(Gymnasium)'은 고대 그리스 시대에 사용된 '김나시온(Gymnasion)'에서 유래되었
다. '김나시온'은 '체육장'이자 교육을 통해 청소년들에게 지성을 길러 주는
장소였다. 이 말은 독일에서는 교육기관을 가리키는 단어가 되었고 영어
권 지역에서는 체육관을 의미하게 되었다.

　학생들은 초등교육을 마치고 10세 혹은 13세에 이 학교에 입학한다. 수
업 연한은 대개 9년이며, 일부 지역에서는 8년이다. 마지막 학년에는 졸업
을 앞두고 '아비투르(Abitur)'라는 시험을 본다. 이 시험은 졸업시험인 동시에
대학입학자격시험이다. 이곳에서는 대학에 진학해 고등교육을 받을 수 있
도록 학생들을 지도한다. (대학입학 준비학교)

🔌 음식

　독일은 예로부터 각 지방의 특색이 강한 나라로, 이러한 특성은 음식에도 그대로 나타난다. 각 지방마다 즐기는 음식은 물론 먹는 법과 요리법이 각각 달라 독일의 대표적인 음식인 소시지와 맥주도 지방마다 맛의 차이가 뚜렷하다.

　동부 지역은 강한 향신료를 많이 사용하며, 바닷가를 접한 북부 지역은 스칸디나비아 반도의 영향으로 청어와 같은 생선을 많이 먹는다.

　라인 강 유역의 서부 지역은 양념이 강하지 않은 것이 특징이고, 남부 지역은 소시지와 맥주, 감자를 이용한 요리가 다른 지역에 비해 많아 우리가 일반적으로 생각하는 독일 요리에 가장 가깝다고 할 수 있다.

🔌 소시지

　소시지와 햄이 발달한 독일은 음식점뿐만 아니라 길에서도 다양하고 뛰어난 정통 소시지를 맛볼 수 있다. 독일어로 부르스트(wurst)라고 한다. 재료는 돼지고기 외에도 간, 소의 혀 등을 쓰며, 야채와 카레를 첨가해 색다른 맛을 내고, 크기도 어른의 팔뚝만 한 것에서부터 새끼손가락만큼 가는 것까지 천차만별이다. 이렇게 종류가 많고 다양한 이유는 지역마다 강한 지방색을 갖고 각각 개별적으로 발전시켜 왔기 때문이다.

햄과 소시지의 종류는 1,500여 종이나 되며, 독일에서 일반적으로 소시지라면 굵은 삶은 소시지 보크부루스트(Bockwurst)나 쇠고기 소시지인 린드부루스트(Rindwurst), 케첩과 카레 가루를 구운 소시지에 발라서 먹는 커리부루스트(Currywurst) 등이 있다. 독일에는 우리 마을의 자랑거리 소시지를 내세우는 도시나 마을도 많다. 예를 들면 뮌헨의 달콤한 겨자를 발라먹는 바이스부루스트(Weisswurst)나 뉘른베르크의 새끼손가락 크기의 뉴런버거부루스트(Nrnberger -wurst) 등이다. 따라서 집안 대대로 전수되는 비법으로 만든 소시지를 파는 가게가 많다.

맥주의 종류는 매우 다양하지만 가장 일반적으로 마시는 것은 황금색을 띤 필스너(pilsener)와 이보다 약간 쓴맛이 덜한 엑스포트, 달콤하고 색이 진한 흑맥주인 알트(Alt)와 밝은 색의 쾰슈(Kölsch) 등이다. 독일의 맥주는 순수성으로도 유명하다.

1516년 빌헬름 4세는 '독일 순수법'을 제정해 맥주 양조를 엄격하게 관리하도록 했다. 이것은 맥주에 홉, 엿기름, 이스트, 보리와 같은 순수 자연 원료 네 가지만을 사용하도록 한 것으로, 맥주의 순수한 맛을 유지하고 여러 재료가 섞였을 때 생길 수 있는 문제를 방지하기 위해서이다.

또한 국민들이 식음료로 사용하는 맥주에 해로운 성분이 첨가되는 것을 막기 위한 조치였는데, 이 법은 지금도 철저하게 지켜지고 있다.

옥토버 페스트(October Festival)는 뮌헨(München)에서 개최되는, 세계에서 가장 규모가 큰 민속 축제이자 맥주 축제다. 매년 9월 15일 이후에 돌아오는 토요일부터 10월 첫째 일요일까지 16-18일간 계속되는 축제는 1810년에 시작되었다.

전 세계에서 옥토버 페스트를 즐기기 위해 몰려드는 방문객은 매년 평균 600만 명에 달하며 1985년에는 최대 710만 명을 기록하기도 했다.

옥토버 페스트는 독일어로 '10월 축제'라는 의미다. 옥토버(Oktober)는 10월, 페스트(Fest)는 축제를 뜻한다. 독일인들은 옥토버 페스트를 흔히 '비즌'(Die Wies'n)이라고 부르는데, 비즌은 축제가 열리는 장소의 명칭이다.

옥토버 페스트는 19세기 중반부터 뮌헨을 대표하는 6대 맥주 회사(bräu, 브로이)의 후원을 받음으로써 세계 최대 맥주 축제로 발돋움할 수 있는 계기를 마련했다. 축제에 참여하는 맥주 회사들은 시중에 유통되는 맥주보다 알코올 함량을 높인(5.8-6.3퍼센트) 특별한 축제용 맥주를 준비한다. 최대 1만 명을 수용할 수 있는 거대한 천막을 세워 맥주를 판매한다. 커다란 맥주잔들과 더불어 흥겨운 노래와 춤으로 떠들썩한 맥주 천막들은 옥토버 페스트의 열기와 분위기를 한눈에 알려 준다.

천막 안에 빼곡히 들어찬 사람들의 손에 커다란 맥주잔을 들고, 웃고 떠들고 마시며 춤추는 분위기가 축제의 흥겨움을 말해 주며, 이것이 옥토버 페스트의 풍경이다. 그리고 맥주와 함께 곁들이는 독일 전통 음식이 축제의 분위기와 방문객의 입맛을 돋운다.

가장 흔히 먹는 것으로는 구운 닭고기 브라트헨들(Brathendl), 구운 소시지 브라트부르스트(Bratwurst), 흰 소시지 바이스부르스트(Weiβwurst), 매듭 또는 막대 모양의 빵 브레첼(Bretzel)이 있다. 그 밖에 돼지나 소의 간과 양파를 섞은 반죽을 삶아 국물과 함께 먹는 레버크뇌델(Leberknödel), 감자 샐러드를 곁들인 바이에른식 소시지 레버케제(Leberkäse), 구운 돼지고기에 흑맥주 소스를 끼얹은 슈바인스브라텐(Schweinsbraten), 돼지 관절을 오래 익힌 슈바인스학세(Schweinshaxe), 감자나 흰 빵을 반죽해 삶아 낸 크뇌델(Knödel)을 곁들이는 돼지 내장 요리인 보이셸(Beuschel) 등이 인기가 있다.

후식으로는 파이의 일종인 슈트루델(Strudel), 효모를 넣은 반죽을 굽다가 쪄내 커스터드 크림과 함께 먹는 담프누델(Dampfnudel), 커다란 도넛인 아우스

초게네(Auszogene), 1886년 바이에른의 섭정 왕이 된 루이트폴트(Luitpold von Bayern)를 기념해 만든 초콜릿 케이크 프린츠레겐텐토르테(Prinzregententorte) 등이 있다

축제의 주최측은 축제 기간 중 알코올 소비 급증에 따른 사고 발생을 방지하고 지나치게 소란스러워지는 것을 경계해 2005년부터 '조용한 옥토버페스트'(ruhige Wiesn)를 표방하고 있다. 무한정 흥청망청해지지 않고 남녀노소 모두 즐기는 축제 분위기를 유지하기 위한 노력이다. 이에 따라 대형 맥주 천막에서는 오후 6시 이전에는 바이에른의 전통 관악곡만 음량 85데시벨 이하로 연주할 수 있고 대중음악과 신나는 파티 음악은 그 이후에 연주하도록 규제됨으로써 축제 분위기가 과열되는 것을 억제하고 있다.

또 축제에서는 일반 맥주에 비해 알코올 함량이 높은 맥주가 판매되는 만큼 음주로 인한 사상 사고를 줄이고자 독일 적십자사가 의료 자원봉사자 1백 명과 함께 매일 대기한다. 더불어 뮌헨 시 공무원, 경찰, 소방 공무원이 합동으로 구축한 서비스센터에서는 축제 질서 유지와 방문객의 편의를 위해 다양한 활동을 벌인다.

엄청난 규모의 축제를 진행하는 동안 사람들의 안전을 위해 많은 신경을 쓰는 주최측과 공무원 그리고 자원봉사자들이 대기하고 있다는 사실이

멋지다.

항상 축제에 대해서만 생각했지 뒤에서 이렇게 만약의 사고에 대비해 대기하는 사람에 대해서는 생각하지 못했기 때문에 놀랐다. 이런 사람들의 노력 덕분에 사람들이 마음 놓고 더 즐겁게 축제를 즐길 수 있는 것 같다는 생각이 든다. 이렇게 즐거운 옥토버 페스트에 꼭 한 번 가 보고 싶다.

각 나라의 매력
—